トム・クランシー＆
スティーヴ・ピチェニック
伏見威蕃／訳

●●

ブラック・オーダー破壊指令（上）

The Black Order

扶桑社ミステリー
1692

TOM CLANCY'S OP-CENTER:
THE BLACK ORDER (Vol.1)

Created by Tom Clancy and Steve Pieczenik

Written by Jeff Rovin

Japanese translation and electronic rights arranged with
S & R Literary Inc. and Jack Ryan Limited Partnership
c/o William Morris Endeavor Entertainment LLC., New York
through Tuttle-Mori Agency, Inc., Tokyo

ブラック・オーダー破壊指令（上）

登場人物

チェイス・ウィリアムズ―――――元オプ・センター長官。海軍大将
ハミルトン・ブリーン―――――陸軍少佐。ブラック・ワスプのメンバー
グレース・リー―――――陸軍中尉。ブラック・ワスプのメンバー
ジャズ・リヴェット―――――海兵隊兵長。ブラック・ワスプのメンバー
アンジー・ブラナー―――――次期大統領首席補佐官
ジョン・ライト―――――次期大統領
マット・ベリー―――――大統領次席補佐官
ワイアット・ミドキフ―――――アメリカ合衆国大統領
トレヴァー・ハワード―――――国家安全保障問題担当大統領補佐官
ジョージ・ネイサン―――――海軍中将。海軍情報局(ONI)長官
アトラス・ハミル―――――退役した海軍大佐
ベッキー・ルイス―――――海軍情報局国際脅威部の調教師
レイチェル・リード―――――社会改革派の企業家

〈ブラック・オーダー〉

バートン・ストラウド―――――ホームセキュリティ会社の経営者
クリストファー・サルノ―――――殺し屋。元CIA特殊活動部工作員
ジャクソン・プール―――――IT専門家
ディー・ディー・アレン―――――元デルタ・フォース中尉
マーク・フィルポッツ―――――元海兵隊員
エイジ・ホンダ―――――元海兵隊員
グレイ・カービー―――――元レインジャーのスナイパー

プロローグ

ペンシルヴェニア州　フィラデルフィア
一月十五日、午後十一時十八分

フィラデルフィア海軍支援施設《NSA》司令を退任してから二年間、リチャード・〝アトラス〟・ハミル海軍大佐は三つのことに専念してきた。

第一にもっとも重要なのは、妻のソフィアだった。ふたりは最近、四十二回目の結婚記念日を祝ったところで、ハミルのいいかたでは、〝八点鐘〟分――つまりまたひとまわり――ふたりの愛情と友情は強まった。ハミルは、コーパスクリスティ海軍基地に勤務していたときに、テキサス生まれのソフィアと出遭った。引っ越し用バンをそばでとめて最初のキスをしたときに、ソフィアはハミルに〝アトラス〟という綽名《あだな》をつけた。

ハミルが二番目に熱中していることはハンティングで、猟期には毎週末やっていた。海の空気を味わえないので、田園地帯の空気を吸う必要があった。木の葉のにおいが新鮮でも、腐りかけたにおいでも、いっこうにかまわなかった。ハミルは殺した獲物を食べ、神の恵みにつねに感謝した。オフシーズンには、ペンシルヴェニア西部の森を歩いて体調を維持した。

ハミルが三番目に情熱を燃やしているのは、一日にすくなくとも数分、斃《たお》れた同胞とともに過ごすことだった。ハミルが愛し、尽くしている国が生まれた場所、独立記念館に屹立《きつりつ》する幽霊たちのことだ。

フィラデルフィアにいるときはいつも、どんな天気だろうと六十歳のハミルは、スプルース・ストリートにあるタウンハウスの自宅から二ブロック歩いて、その歴史的建造物へ行く。聖なる土地に足を踏み入れると、かならず膝《ひざ》の力が抜けてしまう。一年前にインフルエンザにかかったときですら、ハミルは象徴的な建物を眺めるために、四階建ての家の屋上にどうにか昇っていった。銀髪を風になぶられながら、ハミルが急な階段を昇るのをソフィアが果敢に手伝い――議論しても無駄だとわかっていた――肺炎になる前に急いで家のなかに連れ戻した。

「自由の鐘が鳴るのが聞こえたと思った」熱に浮かされていたハミルは、ベッドで顎《あご》まで掛け布団をかけてもらったときにそういった。

「あなたに手を貸していたときに、わたしがドアに頭をぶつけたのよ」ソフィアが答えた。「ふたりとも、空耳が多くなっているわね」

ソフィアといっしょに長い歳月、暮らしたあいだに、ハミルは一度も打ち明けたことがなかったが、その歴史的建造物をどうしても見ずにいられない理由は、祖国愛だけではなかった。それは妄念に近い船乗りの迷信のためでもあった。リチャード・ハミルの父マーティン・ハミル海軍大佐は、空母〈ヨークタウン〉の副長だった。幸運の一ドル銀貨が左の掌《たなごころ》で表を出すまで、彼は退役する〈ヨークタウン〉に乗艦するのを拒んだ。マーティン・ハミル大佐にとって、銀貨が表を出すのは、自分が艦とともに海に沈むことはないという証《あかし》だったのだ。

マーティン・ハミルは八十九歳まで生き、妻のキャロルは九十歳まで生きた。〈ヨークタウン〉退役の日、はじかれた銀貨はもうひとつのことを成し遂げた。退役行事によって〈ヨークタウン〉は〝保管艦隊〟と呼ばれる太平洋予備役艦隊に移され、そこで余生を送ることになった。行事のあと、ハミル父子は、気持ちを落ち着かせるためにしばらく散歩することにした。何気なくいつもの道からそれて、スプルース・ストリートをそぞろ歩き、角の建物の〝売り家〟という看板の前を通った。その日の午後、マーティン・ハミルは、四階建てのそのタウンハウスを買った。

リチャード・ハミルは、三十八年の勤務を終えて定年で退役するまで、過度に迷信深くなることはなかった。それは定年退役者が〝表向きの〟退役と呼ぶものにすぎず、ハミルはすぐに海軍情報局に顧問として勤務しはじめた。同局の国際脅威部のベッキー・ルイス少佐が、何年も前の兵站《へいたん》会議に出席したハミルを憶えていて、その職務をあたえたのだ。海軍での勤務ぶりに注目したわけではなかった。ハンティングが好きだとハミルが話したことが記憶にあり、州内の猟場についての豊富な知識にくわえて、ハンター仲間に知り合いが多いことに、ルイス少佐は関心を抱いた。ハミルは最近、共同で設立した取り決めのゆるやかな社会団体ＰＡＶＥ――ペンシルヴェニア鹿肉《ヴェニソン》――の設立二十五周年を祝ったところだった。その団体は、苦しい生活をしている退役軍人に食料を提供するのを手伝っていた。ハンターたちが獲物を処理してハミルの家に運び、ハミルがそれをステーションワゴンで退役軍人たちに届ける。みずから届ける食料のなかには、ハミルが撃った獲物の肉も含まれていた。

いまのハミルは、フィラデルフィアＮＳＡで海軍の作戦のために補給と支援を行なっていたときよりも多忙だった。海軍情報局のための偵察は、危険な仕事だということがわかった。熊《くま》やボブキャットよりも、ずっと危険だった。五〇〇エーカーを超える土地を踏破し、調教師《ハンドラー》のルイス少佐だけが実在すると考えているターゲットにできるだけ接近して周囲をめぐることが、ハミルの仕事だった。ルイスは、事情を聴取した武器密売人〝タイキニス〟からの情報に基づいて、そのターゲットが存在するのではないかと憶測していた。銃器や爆発物を扱うその商人は、〝ブラック・オーダー〟という言葉を何度も口にしたが、ルイス少佐もハミルも、そういうもののことは聞いたことがなかった。ルイス少佐は、最初はそれが〝闇の注文《オーダー》〟を意味するのかもしれないと思ったが、その後、組織の名称の一部かもしれないと思いはじめた。きのう、ソフィアに〝森の散歩〟だと控え目に説明している活動から戻ってきたハミルは、自分が観察し、見張っているだけではなく、見張られているような気がした。ハンターの直感にすぎなかったが、ハミルはそれをルイス少佐に伝えた。

それほど危険な仕事だということを知ったら、ソフィアは屋上へ昇るのを細腕で手伝い、家のなかに連れ戻したときとおなじように、夫を安全な場所へひっぱっていったはずだった。ハミルは何気なく、海軍の助けが必要なときには短縮ダイヤルの2を押せばいいと、ソフィアに教えていた。もちろん、1はソフィアの番号だった。

ハミルは心のなかでつぶやいた。まあ、アメリカは危険のさなかで誕生した国で、つねにこういう難局に直面してきたのだ。フィラデルフィア生まれのベンジャミン・

フランクリンは、命懸けで会合に現われて不朽の書類に署名した。おれもそのひそみに倣《なら》うべきではないか？

アトラス・ハミル退役大佐は、あらたなアメリカ大統領がまもなく就任することを建国の父たちに知らせるためにウォールナット・ストリートへ歩いていったあとで、三十分ほど前にベッドに横たわり、目を閉じた。自分が恐れていることをくよくよ考えないで、それを歓迎していた。落葉した冬の木々のなかで寒気に包まれて立ち、満月よりやや小さい月を背景に名高い曲線をいっそう際立たせている鐘楼《しょうろう》を見あげている少数の観光客のことを考えて、誇りと満足にひたった。

なかば目を醒《さ》まし、なかば眠っているような状態のときに、三階下のスプルース・ストリートと南三番ストリートの角で、一台のバスがうなるような音をたてた。その音と燃料のかすかなにおいを、ソフィアはいつも嫌っているが、ハミルは笑みを浮かべた。いずれも体の力が抜けて、眠気を誘うような効果がある。ディーゼル燃料のにおいは、ほとんどの船乗りの鼻に染みついている。きちんと機能している機械の音は、耳になじんでいる。三段か四段の寝棚で横になっているときは、ことにそれが重要になる。明かりがすべて消され、嗅覚《きゅうかく》と聴覚を乱すものはなにもないからだ。

眠りが訪れると同時に、ハミルの喉《のど》にナイフの切っ先が突き刺さり、まっすぐな刃がのどぼとけの下に深く差し込まれて、血が気管に流れ込んだ。ハミルは息を呑《の》み、血がゴボゴボという音をたてて気管から喉にあふれて、口のなかに逆流した。

*

ソフィア・ハミルは、ゴボゴボという音と苦しげな呼吸が右側から聞こえたときに、目を醒ました。かすかな音だったので、最初は通りでホームレスが嘔吐《おうと》しているのかと思った。やがて、もっと近くから聞こえると気づいて、夫のほうを向いた。黒い人影が激しくふるえているのが、ナイトテーブルの置時計の光のなかで見えた。

「リチャード！」

ソフィアはぱっと起きあがり、右腕をふりまわして、ライトのスイッチを探した。マスクをした人物が上にのしかかり、ソフィアは押し戻された。胸と両腕に相手の体重がかかり、抵抗することもできず、マットレスに深々と押しつけられた。ソフィアは左腕をのばして押しのけようとしたが、相手はあいた手で叩《たた》いてそれを払いのけた。ソフィアが身をよじって起きあがろうとすると、さっきよりも強く叩かれた。ソフィアは完全に目醒め、怯《おび》えて見あげると、窓のすぐ下にある街灯の明かりで、襲撃者の体の一部が天井に影をこしらえていた。

ソフィアは、全身が揺れるようなすさまじい悲鳴をあげた。ソフィアの肩を押さえていた手が、口のほうへさっと動いた。ずっと使われていたために革がしなやかになっている手袋をはめた手が、ソフィアの悲鳴を封じ込め、ソフィアの頬《ほほ》がふくらんだ。襲撃者の指に力がこもり、顎をぎゅっと握った。男はソフィアの口を押さえている手に体重をかけ、枕《まくら》に頭を押しつけた。ハミルが右側へ弱々しく転がった。ソフィアは、血が背中に染みてきたのを感じていた。肩から流れて、脇腹《わきばら》に沿いじわじわと染みていた。生暖かい血でべっとりと濡《ぬ》れていることが信じられなかった。ソフィアは目をかっと見ひらき、鼻の穴をふくらまして、空気と革のにおいを吸い込んでいた。

殺し屋は、瀕死《ひんし》のハミルがソフィアの横でじたばたして、傷口から流れる血の勢いが弱まりつつあることにも、無頓着《むとんちゃく》のようだった。どうでもいいことなのだ。侵入の目的は、殺人ではなく処刑だった。

〝悪魔は絵に描かれているほど黒くない（悪人にも多少の情けはあると自画自賛している）**〟**。

殺し屋は、さきほどソフィアの左腕を激しく叩いた右手で、血みどろのナイフを引き抜いた。固定刃のダブルバレル・ハンティングナイフをふりあげ、切っ先をソフィアの左脇に突きつけた。先細りの刃が、激しく脈打っているソフィアの心臓のほうを向いていた。ソフィアが短く鋭い息を吸うたびに、胸が勢いよく膨らんで男の重みにあらがった。ソフィアが弱々しく抵抗するたびに、横でハミルの死体が異様な感じで上下に動いた。ソフィアの脈拍が速まったせいで、ナイフが脈打った。上に乗っていた男が、それを感じ取っていた。

黒い目出し帽越しに、殺し屋が見おろした。口のあたりでほつれているウールの感触、頬を温めている自分の息、寒さにもかかわらず汗をかいて髪が濡れているのが心地よかった。ここのにおいは嗅《か》ぎ慣れたものではないが、マスクが過去を呼び戻してくれる。奉仕している感覚が、もっと大きな満足をもたらす力の感覚と入り混じっている。いつものように、殺し屋はそれをつかのま味わった。

バスラのイラン人爆弾造り。ティクリトで自爆ベストを取りにいく途中の若い戦争未亡人。有益な情報について口を割ったグリーンゾーン（かつて連合軍暫定当局が置かれていたバグダッドの安全地帯）**のイラン人スパイ。アメリカ人人質の所在がわかり、その晩に解放した。**

いずれも、監視、賄賂《わいろ》、尾行、盗み聞きによる成果で、最後にはいどころを突きとめて殺し、個人的な勝利をものにした。一般市民には、国内での潜入工作には忍耐と急を要する動きのバランスが肝要だということが理解できない。

それ以外の人間にはわかっている。

殺し屋は、真下の女の目にほんの小さな点のような輝きがあるのを見た。女は目を丸くして怯えていた。ナイフの切っ先をさらに強く押し当てると、女はいっそう目を見ひらいた。殺し屋は、目出し帽の下でにやりと笑った。明らかに、恐怖におののき、哀願している目つきだった。

殺し屋は、一瞬の間を置いてから、女に顔を近づけた。女は怖がり、尊厳も恥もなくした一匹の動物になっていた。殺し屋の頭が光源を遮ると、女の目の輝きが消えた。殺し屋は、女の頬に暖かい息を吹きつけながら、そっとささやいた。

「メッセージを届けろ、ハミルさん。わかったらうなずけ」

ソフィア・ハミルは、わかったわけではなかったが、恐怖のあまりうなずいた。

「おまえの夫を雇っているやつらに、戦争ははじまったと伝えるんだ。おれたちに対抗して活動するものは、ひとりだろうと千人だろうと死ぬといえ。わかったか？」

ソフィアは、こんどはうなずかなかった。意味不明の命令だったからだ。

男が身を乗り出し、ソフィアを押さえつけている手に全体重をかけた。「ハミルさん。おれがいったことをおまえが伝えなかったら、おまえの夫の血でメッセージを書かなきゃならなくなる」

ソフィアは、その言葉を頭のなかで再生し、処理しようとした。恐怖がしのぎ、理解することができなかった。

殺し屋が、ソフィアの口を押さえていた力をゆるめたが、手は遠ざけなかった。「最後にもう一度、おまえの夫の雇い主に、戦争ははじまっていると伝えろ。戦争はとっくにはじまっている。そう伝えろ。わかったか？」

単純な言葉が、こんどは理解された。ソフィアは激しくうなずいた。

ひとつの流れるような動きで、殺し屋がナイフをソフィアの脇腹から遠ざけ、それを持っていた手をあげて、鋼鉄の柄《え》をソフィアの額に叩きつけた。

殴られたところから頭蓋骨《ずがいこつ》に電撃のような痛みがひろがり、ソフィアはうめき声をあげた。目をぎゅっと閉じると、赤茶色の輪の重なりが、ゆっくりと黒に変わっていった。

ソフィアが意識を失うと、殺し屋はベッドの死んだ男の側へ戻り、明かりをつけて、携帯電話を取った。ロックされていた。

それでも問題はないと、プールはいっていた。メーカーの盗難防止ソフトウェアを利用し、互換性のあるサーバーからの信号で回収モードに変えることができる。それから新しいパスワードをこしらえて、電話に保存されているデータすべてにアクセスできる。

「それならいいんだが」殺し屋はつぶやいた。

女がまだ意識を失っているのをたしかめてから、殺し屋は一階におりていった。目出し帽をはずし、椅子《いす》にかけておいた服に着替えて、正面ドアから出ていった。

＊

上の階では、数秒か、数分か、もっと長かったかもしれないが、男の手で口を押さえられていないことに、ソフィアが気づいた。長く息を吸い、肺いっぱいに空気がはいるのを感じてから、息をすべて吐き出しながら叫んだ。顔が人間とは思えないほどゆがんだ。

思考よりも本能に突き動かされて、ソフィアはベッドから起きあがった。額がひどく痛かったので、ナイトテーブルに手を突いて体を支えた。

携帯電話を手探りした。電話しなければならない——。

ちがう。９１１にではない——。

数日前に、アトラスがソフィアの電話に連絡先一カ所の番号を登録していた。海軍のだれか。なにかが必要なときに、連絡すべき相手だと、アトラスがいった。ソフィアが理由をきくと、セキュリティの問題があったからだが、心配することはないといわれた。しかし、なにか――どんなことでも――ふつうではないことが起きたら、電話するように、と。

ソフィアの指はふるえていた。ロックを解除し、保存されていた番号を押した。めそめそ泣き、頭を殴られたための吐き気をこらえながら、ソフィアは女の声を聞き、泣きながら名乗って、自分にできる唯一のことをやった。

悲鳴をあげたのだ。

1

ワシントンDC　ホワイトハウス
一月十六日、午前七時五十五分

「慣れるまで、だいぶかかるだろう」チェイス・ウィリアムズ退役海軍大将は、ホワイトハウス西館の狭いオフィスで、ふかふかの肘掛《ひじか》け椅子から身を乗り出しながら小声でいった。

その部屋にいたもうひとり、マット・ベリー大統領次席補佐官が、デスクの上で持ち物を荷造りしていた手をとめて、ウィリアムズのほうを見た。

「だれが？　わたしが、それともきみが？」

「両方だ。きみがホワイトハウスから民間セクターに移るとは、考えもしなかった」

ウィリアムズの声には感情がこもらず、態度とおなじように当たり障りのない言葉だった。どんなことでも、ウィリアムズが曖昧《あいまい》な態度を示すのは稀《まれ》だった。国家危機管理センター——非公式な名称はオプ・センター——元長官のウィリアムズは、一八〇センチを超える長身で、くつろいでいるときでも堂々とした存在感を発揮している。一生のほとんどを海上か海の近くで過ごしてきたために、つねに目を細めている。冷厳な目つきではないが、重要な決定を適切に下す能力を何度も示して、部下と同僚の敬意を勝ち取っている。

ベリーは、あけたままのバックパックのそばに立ち、就任式用の国旗を片手に、キャンプ・デイヴィッドのブルーのマグカップを反対の手に持っていた。ウィリアムズよりも頭ひとつ分、背が低く、十二歳若いベリーは、臆《おく》していなかった。眉間《みけん》に皺《しわ》を寄せて、ウィリアムズのほうを見た。

「大転身にはちがいない」ベリーは認めた。「皮肉屋にしては」

「きみはそういう人間ではないはずだ、マット」

「それじゃ、メガ皮肉屋？」ベリーがほのめかした。

ウィリアムズは顔をしかめた。乱雑な思考をするベリーとはちがって、ウィリアムズは物事をあらゆる側面から見ようとする。性格がちがうだけではなく、ふたりのこれまでの仕事人生が異なっているからだ。ウィリアムズにとってそれは、命令が他人に危険をもたらす戦いの場で働いてきた結果だった。まず太平洋軍や中央軍で、戦闘部隊を率いる将官として、つぎにオプ・センター長官として、それをこなしてきた。いまは、オプ・センターよりもずっと小規模なチームのリーダーをつとめている。

「きのう、アンジーになんて非難されたと思う？」ベリーが話をつづけた。「わたしはどんなことでも暗いほうを見ると、アンジーはいうんだ。政府や国民のことだけではなく、自分の人生についても」

アンジー・ブラナーは、ジョン・ライト次期大統領の政権移行チームを率いる弁護士だった。以前はハリウッドの映画スタジオ経営者で、ペンシルヴェニア州知事のライトの選挙運動を主導し、次期大統領首席補佐官に指名されている。

「彼女の専門からはちょっとはずれているんじゃないか」ウィリアムズはいった。やはり如才ない物言いだった。

「わたしたちはプログラミングされていて修正がきかない、というのが事実だ。けさ、ウォーターゲイトからどういう道順で来たのかな？」

「いつもとおなじだ。なぜきく？」

「なにか、変わったことは？」

ウィリアムズは肩をすくめた。「インターステート66号線で十分間、渋滞していた」

「だろうね。朝早く、コロンビア・アパートメントで火事があった。火勢が強く、通りに窓の破片が散らばった。きみはじっと待った。わたしなら、ステート・プラザ・ホテルのほうへ迂回《うかい》する」

「一分短縮できるだけだ。それに、いらだちに負けたことになる」

「些細《ささい》な罪だな。肝心なのは、わたしたちにちがいがあることだ」ベリーは、感心しないというように首をふった。「わたしが民間セクターに移るのは、きみとはちがって、理想的な状況が出現するのを待っていられないからだ。友よ――きみはブラック・ワスプでは幸運に恵まれてきた」

「そのとおりだ」ウィリアムズは同意した。それに、神――とベリーと大統領――に感謝しない日は、一日としてなかった。オプ・センターが縮小されたときに、ワイアット・ミドキフ大統領は――ベリーを介して――ウィリアムズに、国防兵站局《DLA》を拠点に彼ひとりと将校及び兵士三人による作戦を行なうよう提案した。やたらに広いが簡素で、闇の政府《ディープ・ステート》と非合法作戦の古臭い雰囲気が漂うマクナマラ本部施設群の地階に、オフィスが用意された。海を愛する男にとっては最悪の場所だった。だが、ウィリアムズの経歴にはひとつの汚点があった――さらに重大なのは、たましいが穢《けが》れたことだった――それを洗い落とさなければならなかった。そして、それを成し遂げた。テロリストの血によって。

　ベリーが勝ち誇ったような笑みを浮かべて、一歩下がり、デスクの私物をバックパックに入れる作業を再開した。

「正直にいうと、チェイス、政治ゲームが懐かしくなることはないだろう。副大統領なしで、どれだけ長くやってきたかな？」

「十月十七日からだ」

「三カ月近いし、それまでたいへんな騒動だった。いやはや、そんな規模の中傷や怨《えん》恨《こん》より、シンクタンクで意見が食い違うほうがずっとましだ」

　ベリーがいうのは、ニューマン・クラーク副大統領が十年前に物議をかもした選挙資金不正使用で弾劾《だんがい》されたことだった。新型コロナウイルスの影響が最悪だった時期の直後で、ニュースメディアはあてこすりや流説を鵜呑《うの》みにした。上院は副大統領の辞任については団結したが――大統領が死ぬか、野党に属するバスター・カーン下院議長を後任に指名しないかぎり――新副大統領の就任は承認しないと告げた。ミドキフはある程度まで副大統領を支援したが、事情通の政治家を強引に指名するようなことはしなかった。支持者層もおなじ意見だった。カーンは大統領戦に出馬したときに、スーパーチューズデイを生き延びられなかったのだ。

ベリーが荷造りを終えた。持ち出すものはあまり多くない。わずかな想い出の品々以外には、予備の個人用タブレットがあるだけだった。ミドキフ政権のメンバーからのクリスマスカード、いまも連絡がある少数の友人の便り。さまざまな政府省庁の名称とロゴが刻まれているボールペンは、ベリーがかつては重要な当事者だった証拠の品だった。大統領専用機《エアフォース・ワン》から持ち出したM&Mの箱には、金箔《きんぱく》の浮き彫りでミドキフのサインがほどこされていた。

ベリーが権力の中枢にいたことを示す証拠だった。公式には次席補佐官だが、事実上、首席補佐官だった。前任者はその肩書を得られなかった。ベリーは肩書を望んでいなかったし、それにともなってターゲットになるのも避けたかった。だが、ベリーには力があった。チェイス・ウィリアムズが、その証左だった。ウィリアムズの前任者は、オプ・センターを創設したポール・フッド長官だった。フッドは筋萎縮性側《A》索《L》硬《S》化症だと診断されたときに引退し、ベリーがウィリアムズを後任に据えた。

六十一歳のウィリアムズが無言で見守っていると、ベリーはつかのまあたりを見まわした。ベリーは、仲間のウィリアムズのことがよくわかっていたし、さまざまな意見も理解していた。ウィリアムズが状況を――国内、国際、そしてベリー個人について――直観で把握するのを畏敬《いけい》していた。

　ウィリアムズは、友人のベリーの行動に異を唱えることはあっても、批判することはなかった。ベリーは次期大統領の政府にとどまることを乞《こ》われていなかったし、そういうことはまったく予測していなかった。ライト知事とミドキフ大統領は、党が異なり、思想が異なり、世代も異なっている。あらたな最高司令官のライトは、政府中枢にワシントンDCの政治屋ではなく、ペンシルヴェニア人を増やしたいと思っている。もちろん、ジミー・カーターが同郷のジョージア人を重用するというおなじ過ちを犯したときには、ライトはまだ生まれていなかった。それに、歴史を学んでいるようにも見えない。そういうふうに単一の集団が権力を握ると、適切な考えもまちがった考えも、内部で堂々巡りするものだ。

　だが、過ちだとわかっていても、どうやって当選したかを見せつけるために、ライトは側近を同郷人で固めざるをえない。正邪はともかく、次期大統領が下した決定のひとつは、ウィリアムズ、オプ・センター、ブラック・ワスプをそのまま残すというものだった。ライトは海軍出身だし、同窓には利点がある。そのおかげで、オプ・センター――とブラック・ワスプ――は、二度の秘密作戦で荒々しく成功を収めている。

　ウィリアムズは、チェイス・ウィリアムズという人間としてライトに望まれているわけではないのを承知していた。ライトは小規模な秘密の私兵がほしいのだ。しかも、その存在が暴露されたときには、前任者に〝責任転嫁〟できる。そこにライトは魅力を感じたのだろう。ウィリアムズは都合のいい道具にすぎない。

ベリーが、バックパックのジッパーを閉めた。気が進まないように、のろのろと閉めていた。

「さて、これで片付いた」ベリーがいった。

「いいたくはないんだが」ウィリアムズはいった。「きみは連邦政府の毒蛇《マムシ》（腹黒い人間のこと）に囲まれているほうが、本領を発揮できる。シンクタンクとか象牙《ぞうげ》の塔は、きみにはそぐわない」

「その意見はまちがっていない。もう禁断症状を感じている。しかし――懐疑主義にくわえて欲もあるからね――六桁《けた》の上のほうの報酬は、強力な動機だったし、テレビ出演でも儲《もう》けられる」

ベリーは、バックパックを背負った。ウィリアムズは立ちあがった。ふたりともまわりを見た。額縁入りの写真は、昨夜はずされた。ホワイトハウスの業務用エレベーターとおなじくらい、暖かみのない場所になっていた。オーヴァル・オフィスとは異なり、ここには歴史がない。

すぐ近くなのに、身分は遠く離れている。

「もうひとつ、ききたいことがある」ベリーが、そっときいた。「記録に残さない作戦用にきみのオフィスへ入れている現金のことだ。わたしが個人的な引退資金にするつもりだと、思ったことはあるか？」

「ある」ウィリアムズは、正直にいった。

「わたしが頼んだら、戻してくれるか？　一部を？　いくらかでも」

「頼んでいるのか？」

ベリーが、気まずくなる寸前まで沈黙していた。ベリーの携帯電話から、ベートーヴェンの第九の最初の小節が聞こえて、緊張が破られた。「答はノーだ」ベリーがいってから、メールを読んだ。「ああ、友よ、毒蛇《マムシ》が活動している。大統領が、わたしたちふたりを呼んでいる」

ベリーといっしょにいるのをミドキフが知っていることに、ウィリアムズは驚かなかった。大統領秘書もシークレット・サーヴィスも、来訪者の名前と、だれに会いにきたかを知らされる仕組みになっている。

ベリーがバックパックをデスクに置き、〈レトロ・ホット・ショップ〉でいっしょに朝食をとる計画は延期された。ベリーが片腕をのばし、ウィリアムズが先に部屋を出た。箱やバックパックを運んでいる職員がひしめく西館の廊下を、ふたりはきびきびと歩いた。職員たちの皺の寄った顔や若々しい顔に、ウィリアムズは見おぼえがなかった。去るものもいれば、来るものもいて、すべて混沌《こんとん》としていた。オーヴァル・オフィスに着いたふたりは、ナタリー・キャノンに招き入れられた。神秘的なくらい有能なナタリーは、四日後にメリーランド州シルヴァースプリングにある一家の馬牧場へ行くことを明らかにしていた。長年のボスのミドキフへの忠誠だけが、彼女をここに八年も繋ぎとめていたのだ。

ナタリーの計画にも〝興味をそそられる〟かどうか、ベリーはウィリアムズにきくつもりでいた――どうしても探りを入れたかった――しかし、いまはそんな時間はない。ふたりが大統領の顔を見たときに、それがわかった。ここ数日、ミドキフはのんびりしたようすで、見るからに愛想がよかった。その表情が、洪水に押し流されたように消え失《う》せていた。

「ドアを閉めてくれ」ミドキフが、そっけなくいった。デスクのモニターを見つめていた。

「大統領」ベリーはいった。おはようございます《グッド・モーニング》はふさわしくないように思えた。

「座ってくれ」ミドキフが答えた。「じきにハワードとヒューレットが来る。きみたちを呼ぶのを控えていたのは、わかっていることがほとんどないからだ」

トレヴァー・ハワードは国家安全保障問題担当大統領補佐官、エイブラハム・ヒューレットは国土安全保障局長官だった。

ベリーは、デスクに面している肘掛け椅子二脚のいっぽうに腰を下ろした。「いまふたりはどこですか?」ときいたとき、背すじを懸念《けねん》が這《は》いあがっていた。

「海軍情報部だ」ミドキフは、ウィリアムズをじっと見た。「殺人があった。被害者はきみの知っている男だ、チェイス」

そのとたんに、ウィリアムズは放心したように、もう一脚の肘掛け椅子に座った。オプ・センターが縮小される前に緊密に仕事をやっていたひとびとのことを、とっさに考えていた。イエメンで自分が殺したテロリストや、復讐《ふくしゅう》をもくろんだイランの休眠工作員のことを思った。もっとも親しかったアン・サリヴァンは、国務省に移った。オプ・センターで才能が開花した画像アナリストのキャサリン・ヘイズは、国家偵察局へ移った。ふたりが勤務している場所をウィリアムズは知っていたが、彼女たちはウィリアムズのいどころを知らされていない。大統領が話をつづけるのを、ウィリアムズは暗い気持ちで待った。ほんの一瞬待っただけだが、ひどく長く思えた。

「昨夜、十一時ごろ、アトラス・ハミル海軍大佐が、ベッドに寝ているところを刺殺された」ミドキフ大統領がいった。

明らかに知らない名前だったらしく、ベリーがウィリアムズのほうを見た。ウィリアムズは反応を示さなかったが、心のなかで吐き気を催していた。

「どういう人間なんだ？」ベリーがきいた。

「前はフィラデルフィアの海軍支援施設を指揮していた」ウィリアムズは、抑揚のない低い声でいった。「二年前に退役して、困っている退役軍人に食料を提供している」

「お悔やみ申しあげる、チェイス」ベリーがいった。

太平洋軍と中央軍の両方で、ウィリアムズとハミルには割り合い頻繁《ひんぱん》に交流があった。ハミルは立派な人物で、一流の兵站将校だった。ウィリアムズは太平洋軍に異動するよう勧めたが、ハミルは家を離れたくなかった。

ウィリアムズは、視線を据えて無言で座っていた。ふつう、死は任務の一環か事故のようなよく知っている経路からやってくる。この報《しら》せ、この順序は、あまりにも予想外だったので、ウィリアムズはすぐには殺された理由を質問する気持ちにならなかった。

「じつは、チェイス、どうやらハミル大佐は現役を離れていなかったようなのだ」ミドキフが話をつづけた。「年金は受け取っていたが、ひそかに海軍情報部のために働いていた。それだけではなく、ハミル夫人は夫の連絡相手の電話番号を短縮ダイヤルに保存していて、９１１ではなくそこへ電話をかけた。事件は即座に部内秘の扱いになった」

「アトラス・ハミルは海軍情報部とどう関係していたのですか？」ウィリアムズはきいた。

「これからその話をする。ほかにも重大なことがある。ハミルの家に侵入した人物は、ハミル夫人にメッセージを伝えるよう命じた。彼女が生きているのは、そのおかげだろう」ミドキフは眼鏡をかけて、前のモニターに表示されている文を読んだ。「その男はいった。〝おれたちに対抗して活動するものは死ぬ〟。つづいて、〝戦争ははじまっている〟ともいった」

「こういってはなんですが、その女性の精神状態は？」ベリーがいった。

「もっともな質問だ」ミドキフはいった。「もちろん、ヒステリックになっていた。しかし、鎮静剤を投与される前には、起きたことと侵入者がいったことを完全に憶えていたそうだ。彼女の空想はまったく含まれていない」

「海軍情報局《ONI》のほうは？」ウィリアムズはきいた。「つながりがわかりませんが」

「現在わかっているのは、ＯＮＩがハミルを契約専用資産に登録していたことだけだ」

ウィリアムズは、驚きをあらわにした。

「それじゃ、調べるのに時間がかかる」ベリーが意見をいった。

契約専用資産《COA》は〝秘〟扱いの情報源で、その機能を知っているのは〝調教師《ハンドラー》〟の局員だけだ。ウィリアムズとブラック・ワスプも同様だった。ブラック・ワスプの場合は、大統領の代理としてマット・ベリーが連絡を担当している。ONIの連絡担当に接触するには、指揮系統を通じて承認を得なければならない。COAは通常の領域の外で活動するだけではなく、規定に従わないことも多い。政府の人間の多くがその略語をわれわれの資産《コンシール・アウア・アセット》を隠せといい換えているのには、それなりの理由があった。大統領までもが、その中枢から追い出されている。

「トレヴァーとエイブを派遣したのは、そこで官僚主義と秘密厳守がはびこっているからだ。垣根を破らなければならない」大統領はいった。「アレン・キムもFBI支局と連絡をとり、付近の監視カメラの画像を確保しようとしている」ミドキフは、キムFBI副長官からのメールが何本も保存されている秘話携帯電話を持ちあげた。

「フィラデルフィア市警は、当初、その要求を拒んだ。ハミル夫人の電話から一時間とたたないうちに、レイクハースト海軍航空基地からONI捜査員三人がやってきて、スプルース・ストリートのハミルのタウンハウスで証拠物件を捜し、メカニクスバーグ海軍支援《NSA》施設からも警衛兵曹四人が――」

「フィラデルフィアではなく？」ベリーがきいた。

「フィラデルフィアではない」ミドキフがきっぱりといった。

　メカニクスバーグＮＳＡは、フィラデルフィアの北西約一八〇キロメートルにある同様の施設だった。海軍はすぐさまフィラデルフィアＮＳＡの直接の責任をできるだけ避ける手段を講じたのだ。

「軍から派遣された全員が、そのタウンハウスへの立ち入りを拒むようにという指示を受けていた。地元官憲だけではなく、特別に許可を受けた少数の人員以外はだれも、立ち入ることができない」大統領はつづけた。「警察は、殺人があったことすら知らされていない。アトラス・ハミルの遺体は、ドーヴァー空軍基地の軍検視官室の医官が運び出した。遺体はそこで調べられている。それに、タウンハウスでは、指紋はもちろんのこと、繊維、毛髪、唾液《だえき》――あらゆるものが収集されている。ＦＢＩ支局を動かしているデイヴ・ワイルドマン特別捜査官は警察に、自分たちにも皆目見当がつかないといったそうだ――それで警察は協力する気になるだろうと、キムはいっている」

「なにに関して？　他の部局を締め出すことですか？」ベリーがいった。「交通規制ならいっしょにやれるでしょうね」

「そんなところだ」ミドキフはいった。「部下に知らせることは許されず、上司の長官にしか知らせることができない人間もいるのだと、キムにいってやった」

「こんな状態で、わたしたちはどうやって八年も生き延びてきたんだろう？」ベリーが、疑問を口にした。

「国への愛」ウィリアムズは答えた。「ハミル大佐もおなじだ」

不満の多い次席補佐官は、それを聞いて真顔になった。

「これについて、ネイサン中将はどういっているんですか？」ウィリアムズはきいた。

「きみたちが来る前に、彼と話をした」ミドキフがいった。「ONIもほかの部局とおなじで、まったく見当がつかないそうだ。自分の部下はトレヴァーやエイブに全面的に協力するといっていた。ふつうなら、わたしはそんなことは信じないんだが

――」

「しかし、ネイサン長官にはあまり時間がない」ベリーがいった。「新大統領が就任する二十日までに責任をかぶせる相手を見つけないといけないわけですからね」

「ソフィア・ハミルの状態について、ほかになにかありますか？」ウィリアムズはきいた。政治の話にうんざりしていた。

「ハミル夫人は重傷ではなかった。とにかく肉体の面では」

「そのとき、彼女はベッドに寝ていたんですね？」

ミドキフはうなずいた。

「家族はいるんですか？」ウィリアムズはきいた。「こういうときには家族が必要だ」

「知っているだろうが、子供はいないし、だれにも知らされていない。ONIの保安部門が、彼女をフィラデルフィアNSAへ運んだ。そこで警護されている。しばらくそうせざるをえない。メッセージは伝えられたから、敵が彼女を生かしておく理由はなくなったと、ヒューレットが指摘した」

「この一件そのものに、なにか異様なところがある」ベリーがいった。「さして熱心だとは思えない秘密捜査に、引退者を使っていた。それが、一夜にして戦争になった。ONIはどうして気づいていなかったんでしょう？」

「マット、中国の新疆《しんきょう》にある電子戦施設に関する情報を得るほうが、われわれ自身の情報機関から情報を得るよりも迅速《じんそく》にやれることは、きみにもわかっているはずだ。トレヴァーとエイブが掘り起こしたものを見ようじゃないか」

飽き飽きしたというような沈黙が流れ、ベリーがタブレットでメールを確認するあいだに、ウィリアムズはオーヴァル・オフィスを見まわした。提督になりたてのころ、最初にここに来たときのことを思い出した。そのときは、自由の神殿にいる特権を味わった。いまは、自分自身の理想主義は鈍っていなくても、そういう輝きは失われていた。明敏な目であたりを見ると、壁やドア枠は古びていた。塗装や脇柱の継ぎ目が見えるし、調度は光の当たる加減で切り傷があるのがわかった。

それでも、重要な意味のある場所だった。アトラス・ハミルが独立記念館の近くに住んでいるのを思い出し、その聖なる場所におなじ感情を抱いていたのだろうかと思った。

大統領のデスクの電話機が鳴った。

「トレヴァーからだ」ミドキフがいって、スピーカーホンのボタンを押した。「マットがいる——話してくれ」

ウィリアムズの名前をいわなかったのは、表向きはオプ・センターが廃止されたことになっているからだった。

「たいしてわかっていませんが、ＯＮＩから探り出しました。ハミル大佐はブラック・オーダーと呼ばれるものを捜査していたと、ＯＮＩでは確信しています」

「それはＯＮＩが名付けたのか、それとも——？」

「その集団が自称しています、大統領」ハワードがいった。「きのう契約専用資産《COA》の調教師《ハンドラー》が、ホッパー情報提供センター（ONIの一部門）を通じて、その名称を調べるよう要請がありました。その反応がたいへんな騒ぎを引き起こして、ネイサン長官まで達し、六分とたたないうちにまた下に戻ったんです。ここに回答があります。〝ホッパー《H》情報《I》提供《S》センター《C》……午後九時一分……海軍サイバー・コマンドの命じた調査により、ブラック・オーダーがみずから配布するハッシュテーブルを持つオーバーレイネットワーク内で、ダークウェブに出現していたことが判明した。〟」

「なににオーバーレイしているんだ？」ミドキフがきいた。

「ONIです」ハワードが答え、その意味が理解されるように間を置いた。

「どうしてそれがわかった？」

「その名称が出てこなかったので、HISCはさらに綿密に調べたんです。タイキニスという武器密売人のファイルにそれが記されているのを、調教師《ハンドラー》が知っていたからです。何者かがダークウェブから侵入して、それを削除したんです。調査員は、カナディアン・ヘムロック（カナダツガ。ペンシルヴェニアの州木）と呼ばれるチョークポイントの奥でブラック・オーダーを発見しました。それはかなり大きく、ONIのデータベースすべてと絡み合い、陽の当たらないあらゆる場所で成長しています」

愕然《がくぜん》とするような情報だった。海軍情報部の外部で何者かが模倣ネットワークを構築し、大規模な情報の枠組みのインフラ内にそれが隠れている。いつからそうなったのか、なにが漏洩《ろうえい》したのか、まったくわからない。それでアトラス・ハミルの正体がばれたことは明らかだった。

「それで、だれもが戦々恐々としています」ハワードが話をつづけた。「IT部門の連中は、機微情報のメールや電話のために、ビルの外に出ないといけない。わたしもいま外にいます。連結されたシステムがどこまで秘密漏洩しているかわかっていない。ネイサン中将は情報管制を拡大し、オーバーレイが除去されたことが確実になるまで、ONIの業務は対面で行なうか、手書きの文書をオフィスのあいだでやりとりするよう命じました」

「ONI・PROP」ベリーがいった。

大統領が、怪訝《けげん》な顔でベリーのほうを見た。ウィリアムズはほっとした。その用語は自分も聞いたことがなかった。

「ポール・リヴィア作戦要務《オペレーション・プロシージャ》」ベリーが説明した。「システム全体が危険にさらされているときには、昔ながらの調査手順に戻す。口頭か手書き以外の連絡は行なわず、必知事項《ニード・トゥー・ノウ》(当事者が業務遂行に必要な情報のみにアクセスすること)の鉄則のみに従う」

「トレヴァー、このブラック・オーダーは、ONIのすべてのファイルにアクセスできていたのか?」

「事態はそれよりも重大です。ONIに接続しているあらゆるシステムになだれ込んでいた可能性があります――基地警備、港湾、自由世界のすべての港の水路カメラ、それ以外の国の大多数の水路カメラ。それらを通じて、そのほかのセキュリティシステムにもアクセスできていたかもしれません。だれが設計したにせよ、その人間は天才だと、いわれました。モサドはそれを知っていたという意見もありました――おそらく彼らのダークウェブのスパイを通じて知り、わたしたちの情報共有システムをすべて遮断し、ブラック・オーダーの指紋が自分たちのシステムにないかどうか調べている、と」

「しかし、こうやってシステムを遮断して、痕跡《こんせき》を捜しても、ハミルが彼らに関してなにをやっていたかを示す物証が見つからない」ミドキフはいった。「そんなことがありうるのか?」

「ONIが知っていたとしても、情報は教えませんよ。彼らは怒り、それと同時に被害対策をやるでしょう」ハワードが答えた。

「ネイサン中将をここへ呼ぶ必要があるか?」ミドキフはきいた。

「正直いって、中将には、大統領に嘘《うそ》をつくよりも、これに取り組んでもらいたいですね」ベリーがいった。

選挙前だったら、ハワードはこんなふうに思ったことをずばずばといわなかっただろう。いまのハワードは、へつらうことなく自分の仕事に専念している。だが、もうひとつべつの力学があり、それが働いていないことをウィリアムズは願っていた。どんな政権でも、力が衰える末期には情報が資産になり、勢力圏を維持するのにそれが利用されかねない。トレヴァー・ハワードのような人間は、新政権であらたな職責を手に入れるために、自分が収集したか、知っているか、あるいは推理している情報を、取引材料に使いかねない。

不愉快きわまりない稼業だと、ウィリアムズは心のなかでつぶやいた。

「いまいったのはマットだ。調教師《ハンドラー》はだれだったんだ？　事情聴取されているはずだろう」

「知らないとONIではいっています」

「ONIが知らない？」ミドキフが、信じられないという口調でいった。

「大統領、漏洩《リーク》を避ける唯一の方法は隔離だと、彼らはいうんです」

「それは漏れる前の話だろう。ハミルのことを聞いて、その人間が名乗り出たのではないのか？」

「これに関与していたら、知らないふりをするのが当然でしょう」ベリーが指摘した。

「ここでも、何人かがそういっています」ハワードがいった。「ふたりが病気で休むと連絡してきて、ひとりは出勤していないので、調べているところです。しかし、その三人のうちのいずれかでないとしたら、ただ身を潜めているでしょう……ブラック・オーダーの足跡を隠すために、システムにアクセスしたかもしれない」

ベリーは、こういう状況で八年間生き延びてきたことについて、あらためて慨嘆しなかった。ただ、表情がそれをおおむね語っていた。ウィリアムズは、首をふって感情をあらわにするのを控えた。

ウィリアムズは、コーヒーテーブルにあったホワイトハウスのメモ帳から一枚はぐって、走り書きしたものをベリーに渡した。

ベリーがそれを読んだ。「トレヴァー、アトラス・ハミルには追跡できるような旅行の記録か、車のナンバーはなかったのか？　どこへ行って、だれに会ったかがわかるような」

「システム内でハミルのデータを見つけないとわからない。ハミルの名前は、フィラデルフィアＮＳＡの在庫と調達関係の書類にあるだけで、ほかのところにはなかった」

「くそ、情報を集める方法がなにかしらあるだろう?」ベリーがきいた。

「ある。メモすればいい。ブラック・オーダーの〝天才〟が創りあげたものをわれわれのIT関係者がどう読み解いているか、見てくれ」

「わかった」ベリーは、携帯電話の録音機能を立ちあげた。

紙がこすれる音が聞こえた。NSA司令が、手書きのメモを確認していた。

〝よし。ブラック・オーダーの指紋は、長さがまちまちの数列から成っている。暗号課が解読に取り組んでいるが、捜査員ふたりは、DiffServeとIPマルチキャストトレイヤーを通じてサイトトレイヤーの位置を突きとめることに専念した——正直いって、わたしには意味不明だ。しかし、彼らはONIのデータ・システムに乗っていたバンドルナンバー、〝パケットフォーマット〟がある場所を見つけた〟。

「そして、その場所は、ハミルが以前に指揮していた施設だったんだな?」ミドキフが推測した。

「そのとおりです」ハワードが答えた。

「つまり、外部の人間を基地に行かせなければならなかった」ベリーが、録音を切りながらいった。「内部の人間の仕業だ」

「とにかく、その可能性を考えなければならない」ハワードがいった。

技術的な情報は役に立たないだろうと、ウィリアムズは思った。橋を建設する知力がある人間は、橋を爆破する知力がある。

「当然の質問だと思うが」ベリーはいった。「ハミル大佐の携帯電話、私用のコンピューターは――」

「ノートパソコンとタブレットは、ONIに運ばれた。ハミル夫人の携帯電話はベッド脇にあったので、それも押収《おうしゅう》された」

「ハミル夫人から事情聴取する予定はあるのか？」ベリーがなおもきいた。

「わからない。いま彼女は意識がないといわれた。ほんとうにそうなのか、あるいは身柄を拘束されているのだろう。彼女が伝えた唯一の情報は、殺人者が目出し帽をかぶっていたということだが、それは役に立たない。顔を隠すためとはかぎらない――冬だから、目出し帽をかぶっている人間は多い。監視カメラの画像で、数十人、あるいは数百人見ても、判断できないだろう。それに、目出し帽をはずしたら、その男かどうか知る方法はない」

「殺人者がどうやって侵入したかわかっているのか？」ベリーがきいた。

「わかっていたとしても、だれも教えてくれなかった」

電話の向こうからやりとりが聞こえた。ハワードが悪態をついているようだった。

一分近くたってから、ハワードが電話口に戻った。

「彼らがハミルの調教師《ハンドラー》の身許を突きとめました」ハワードがいった。「名前と連絡用の電話番号だけが、彼女のコンピューターに保存されているのがわかったんです」

「どのコンピューターを調べればいいか、どうしてわかったんだ?」ベリーがいいた。

「きょう出勤しなかった局員だった」ハワードは答えた。「ベッキー・ルイス少佐。彼女はけさ早く、コロンビア・アパートメントの火事で死んだ」

2

ヴァージニア州　スプリングフィールド
フォート・ベルヴォア・ノース
一月十六日、午前七時五十五分

ハミルトン・ブリーン少佐は、この二カ月間、将校用官舎の自室で目が醒めると毎朝、三十八年間ほとんどやったためしがなかった運動をやっている。スクワットスラストを、手抜きせずにやるのだ。深くスクワットして、めいっぱいスラストする。インターネットのメトロノームを一分間六十回に合わせて、中断せずに百五十回やる。いまも数えながら、それをやっていた。気が散らないように、閉めたシェードのほうを向いていた。

もちろん、体を鍛えるのがひとつの目的だった。スクワットスラストをやりはじめたときの四カ月前、はじめてフォート・ベルヴォアに来たときには、訓練する動機などまったくなかった。実戦任務についたことは、一度もなかったのだ。ブラック・ワスプのあとのふたりが訓練しているあいだ、もっぱらコンソールかモニターを見ているのが、毎日の決まりきった仕事だった。それに、異動前も座ったまま仕事をするのが習慣になっていた。ブリーンはもともと、ヴァージニア州シャーロッツヴィルにあるヴァージニア大学の法務総監部・司法研究所・法科大学院の教授だった。教鞭《きょうべん》をとり、捜査に関して法務総監部に助言し、事件を研究するのが好きで、アメリカ史の教授イネス・リーヴィとの婚姻を前提としない関係を楽しんでいた。娯楽としては、エアロバイクではなくバイクのほうがずっと好きで、トレッドミルやローイングマシンを使うような根気はなかった。歩く場所は法廷内にかぎられていた。

　去年の夏に、ブリーンの生活は一変した。仕事人生の大半を過ごしてきた鏡板張りの廊下や蔦《つた》のからまる壁をあとにするよう〝求められた〟。一七〇キロメートル足らず北東へ移動すればいいだけだったが、それは物理的な距離よりもはるかに長い旅路だった。ブリーン、陸軍特殊作戦コマンド（空挺《くうてい》）のグレース・リー中尉、海兵空《M》地《A》任《G》機《T》動《F》部隊の狙撃《そげき》兵ジャズ・リヴェット兵長は、暗号名をブラック・ワスプという機密の多軍種共同チームに配置転換された。そして、三人は自分たちがオプ・センターに付属する最新の緊急展開部隊であることを知った。やがて統合特殊作戦コマンド《JSOC》に変容する最初のストライカー・チームが二十五年前に打ち立てた名高い実績が、もっとも小規模で、もっとも多様性と機動性に富むチームであるブラック・ワスプに受け継がれたのだ。

　この縮小は適切だった。オプ・センターそのものも、変化を遂げていた。人員百人の組織とアンドルーズ基地の海軍予備役航空隊の飛行列線に近い二階建ての本部ビルからダウンサイジングされて、たったひとりの人間――チェイス・ウィリアムズ――だけになっていた。ウィリアムズが勤務している場所は――ブリーンたちは場所を教えられただけで、そこへ行くようにとはいわれなかった――国防兵站局だった。それは戦術を考慮した変更だったが、表向きの理由は異なっていた。オプ・センターは、死者が多数出たニューヨーク市のイントレピッド航空宇宙博物館へのテロ攻撃に関する情報をつかんでいなかった責任を負ったことになっていた。ウィリアムズのチームは、その情報を見落としたが、そのほかの情報機関もそれはすべておなじだった。オプ・センターが責めを負ったのは、イランに対する攻撃が報復を引き起こしたからだった。

　オプ・センターは解散したと、中央政界では信じられていた。オプ・センターがチェイス・ウィリアムズという人間ひとりとして、いまだに存在しているのを知っているのは、大統領の側近――いまでは次期大統領の側近――のごく少数だけだった。そして、その活動の一部がブラック・ワスプだというのを知っているのは、マット・ベリーとミドキフ大統領のふたりだけだった。

　ときどき、そういう秘密保全と隔離がブリーンを悩ますことがあった。ブリーンは、検事のチーム、公判に付されている軍人、対立する弁護士と話をすることに慣れていた。ブリーンがかつて冗談交じりに〝訴追されるか虐待される《プロセキューテッド・オア・パーセキューテッド》〟場だといった法廷や教室で闘ったり教えたりするのとは異なり、現在の職務では時間をかけて分析するという贅沢《ぜいたく》は許されない。グレースとジャズは若者で、ジャズは学生たちよりも若い。それに、チェイス・ウィリアムズは提督で、〝おはよう〟というときですら禁欲的だった。プロフェッショナル数百人を指揮することに慣れているウィリアムズも、身分を偽装し、ある程度隔離された状態で働くことにそれなりの問題を抱えている。

　そのため、スクワットスラストは、肉体を鍛えるだけではなく、ブリーンに心の休息もあたえていた。精神分析医で専門家証人のローレン・パウエルがかつて述べたように、〝だらだらしゃべるサルの脳〟からつかのまではあるが、ほとんど気をそらすことができる。すべての人間の脳に住んでいるそのサルには、ひとつの機能しかない。

答を出さないでどんどん疑問を生み出すような疑問をくよくよと考えつづける。「問題をじっくり考えるのと」ある宣誓証言で、パウエルは述べた。「それに固執すること、とくに変化が起こりえない物事に固執するのは、まったくべつの問題です」

ブラック・ワスプの一員として、サルのおしゃべりを黙らせるのは必要不可欠だとわかった。当初、憲法にはなはだしく違反するチームの性質に、ブリーンは愕然とした。いまもその衝撃は多少残っている。ブラック・ワスプは、記録に残されず長期休暇中扱いで軍の報酬を受けているだけではなく、国際法の埒外《らちがい》で活動している――違法にさまざまな国に入国し、情報を得るために拷問《ごうもん》するか、もっとひどいことをやっている。ミドキフ大統領がブリーンを採用した理由のひとつは、保守的な倫理と司法の経験がチームの道徳の指針になるはずだったからだ。しかし、ブラック・ワスプには階級制度による指揮系統がないので、ブリーンの階級にはなんの意味もないし、ブリーンの考えかたがチームのほかの人間に賛同されるとはかぎらなかった。たとえば、イエメンでテロリストがその場で処刑されたことは、当初、チェイス・ウィリアムズとの関係に緊張を生じさせた。公開される裁判がテロリストの邪悪な思想を主張する場になるだけではなく、被害者の家族にとって悪夢にひとしいものになるし、どうせおなじ死刑という結果になることを、ブリーンは理屈のうえでは理解していた。だが、それはひとりの男の命令と復讐ではなく、適切な手順の結果であるべきなのだ。

その殺人には、プラスの効果もあった。ブリーンは、自分の信念を護り抜く決意を固めた。つぎの南アフリカの任務は、もっと抑制がきいたものになった。ブリーンは自己主張できるようになり、ウィリアムズは耳を傾けるようになった——とにかく、すこしはそうなった。

エクササイズを終えたブリーンは、シャワーを浴びることと、毎朝の日課のことだけを考えていた。一週間に六度、宿舎を出てから、ブリーンは決まってグレースとリヴェットに会う。ふたりの朝の習慣は、ブリーンよりも長く意欲的だった。グレース・リー中尉は、中国と日本のさまざまな武道を一時間以上も稽古《けいこ》し、ジャズ・リヴェット兵長は、射場へ行く。そのあとで、ふたりはダミーの〝テロリスト〟と人質がいる町を模した施設でいっしょに教練を行なう。この施設は、一軒ずつ捜索する訓練のために、ふだんはよその部隊が使用している。

けさはふたりの個人訓練のほかには、予定されている日課はなかった。

ブラック・ワスプのメンバーは全員、十セント硬貨大の秘密呼び出し警報装置《SPAD》を支給されていた。ブリーンは腕時計の下にＳＰＡＤを付けていた。ＳＰＡＤが振動すると、ブラック・ワスプのメンバーは非常用持ち出しバッグを持って、基地の５００

シュルツ・サークルにある将校クラブ事務所に出頭する。昔のジョージア州の様式を模した施設は小規模な中間準備地域で、輸送手段が手配されるのを待つのに便利だった。じっさいの要旨説明《ブリーフィング》と計画立案は、ターゲットに向かう途中の秘密が保全できる場所で行なわれる。

エクササイズの直後なので体が柔軟になっていたブリーンは、戦闘服から私服に着替えて、小走りにそこへ向かった。エクササイズで得られる快感が好きになっていた。ブリーンが最初に到着した。クラブには将校がふたりいるだけで、ふたりとも中尉で、それぞれ分かれて座っていた。ブリーンがそばを通ると、ふたりが敬礼した。ここではブラック・ワスプのメンバーですら、しきたりを尊重する。

二分後にグレースとリヴェットが来た。リヴェットは、各種の拳銃《けんじゅう》やライフルで撃ちながら聞いていた音楽に合わせて、体を動かしていた。ふたりの戦闘服は、筋トレでかいた汗でまだ濡れていた。

「おはよう」到着すると、ふたりがいった。

前回の任務から二カ月たっていた。用事がなく——安全な——日々をブリーンは多少楽しんでいたが、若いふたりは早く現場に戻りたくてうずうずしていた。

グレースは二十六歳で身長一五八センチ、黒い髪はふんわりしたてっぺんを残して、左右を刈りあげていた。目は焦茶色だが、視線がきついので真っ黒に見える。いつもどおり、軽やかなすばやい足どりで近づいてきた。浮き浮きした体の状態は、エネルギー、気のおかげだと、グレースは何度も説明する。あとのふたりは彼女の技倆《ぎりよう》に敬意を払っているが、それを理解できているわけではない。だが、いざ戦うときには、グレースは飛び抜けて戦闘能力が高いように見える。

四歳年下のリヴェットは、はっきりした分け目を入れたショートカットで、髭《ひげ》は剃《そ》らないし、剃る必要もなかった。だが、髪の手入れには、かなり気をつかっていた。リヴェットは、聞いている音楽に合わせて、体を揺らし、速い足どりで歩いていた。屈託のない歩きかたに見える。だが、じつはそうではなかった。カリフォルニアのサンペドロに生まれ育ったリヴェットは、しいてのんびりしたふうを装い、だいたいの場合、それに成功していた。

「緊張してるときには、なにかをやるって気配が出てしまうんだ」リヴェットはそう説明したことがある。河岸《かし》の流れ者、詐欺師、ギャングの構成員にはすべて、〝恐怖心〟という共通の特徴があると、リヴェットはいう。

リヴェットは、十歳のときに食品雑貨店の店主の拳銃で強盗を阻止《そし》し、銃器を扱う才能に長《た》けていることを知った。警察がリヴェットに少年向けの射撃講習を受けさせ、のんびりした態度でいることを街の暮らしで身につけていたおかげで、秀でることができた。

　ブリーンは、タブレットを読んでいた。あとのふたりは、質素な朝食のブッフェからオレンジジュースを持ってきた。エドワード七世時代風の小さなティーテーブルを囲むアンティークのサロンチェア三脚に、三人は腰をおろした。

　リヴェットは、座るときにシャツのポケットに手を入れて携帯電話を出し、音楽を切って、イヤホンをはずした。

「なにが起きたか、わかってるんですか、少佐？」

「アゼルバイジャンからザグレブに至るまで、政治的に厄介な問題がごまんとある」タブレットのほうに指をふりながら、ブリーンがいった。「どれがわたしたちの問題なのかはわからない」

「おなじ溝《どぶ》、べつの一日」リヴェットが、オレンジジュースを飲みながらいった。

「そんなことを信じてるの？」グレースがリヴェットにきいた。

「おれたちに仕事があるあいだは、そのとおりだよ」

「あなたは子供のころは太平洋を眺めたこともなかったし――」

「ソウルトロニック（ソウル、R&B、ファンク、ヒップホップなどをすべてひっくるめた概念だともいうが、明確ではない）をぜんぶわかってるかな？」

「なんですって？」

「虹《にじ》や蝶々《ちょうちょう》が見えるかな？　見えないさ。おれがときどき日本のことを考えるのは、海の向こうに日本のでかい街があるってふと思うからだ。おれが海を眺めるのは、船が来るのを見張ってると一時間に一ドル稼げるからだ。マリーナ・デル・レイやサンタバーバラからヨット乗りや金持ちがやってくる。おれのいとこたちが、そういう船に盗みにいったり、物を売り付けたりする」

　SPADが二度着信音を発し、ウィリアムズがやってくることを伝えた。グレースが、ストローでジュースを飲んだ。

「なにかに刺激をうけるっていうことはないの？」グレースはきいた。「教会に行ったことはないの？」

「あるよ。ばあちゃんに連れていかれた。ミサにも出たことがある。告解は何度もやった」思い出しながら、リヴェットはにやにや笑った。「だって、おれが好きなものがあったんだ。オルガン。前の席に手を置くと、びりびり振動するのが好きだった」

　グレースは、顔をしかめた。「それだけ？　音楽にはなにも感じなかったの？」

「音楽には感じるよ」リヴェットは、グレースのほうに携帯電話をふってみせた。

「中尉、おれは〝ハレルヤ〟のない歌はダウンロードして聞いたことがない。とにかく、あんたがJポップやKポップを聞いてるのはわかっている。やかましい鳥の鳴き声みたいだ。それと、その皿はなんていうんだっけ？」

「皿じゃない。鈴《りん》よ。わたしはシベリウスやスクリャービンも聞く。なにを感じてるか、どう動いてるかによって」

「まあいいや。おたがい、自分のスタイルがあるってことだよね？」

グレースは、チームメイトのリヴェットに、ターゲットを見つめるような視線を据えた。「自分がなにをやらなければならないか、知ってる」

「おれがチャイニーズチェッカーで勝ちそうなときにも、そんないいかたをするね」

「これを試させてくれれば、ふたりとも勝ち組になれる」

「なにをやるんだ？」

「どこかへ行くとき、旅のあいだ携帯電話を交換する。あなたはわたしのプレイリストを聞き、わたしはあなたのプレイリストを聞く」

リヴェットは眉《まゆ》をひそめた。「それはまずい。そこまで行くのに生きていたければ、おれの電話をほしがらないほうがいい」

「試してみてもいいんじゃないの」

「あんたの命がおれに懸かってるときに、『恋する女の子』もそれを歌ってるやつも嫌いだみたいなことを考えて、おれの気が散ったら困るだろう」

グレースがまたジュースを飲んだ。ブリーンがなおも最新情報を見つづけているあいだ、ふたりの文化は衝突していた。ブリーンは、ふたりの意見に判定を下さなかった。ふたりはそれぞれが口にしているすべての言葉を信じていたし、現場での行動とおなじように、それには若者らしい情熱と確信の裏付けがあった。

午前九時近くになって、チェイス・ウィリアムズが到着した。退役したにもかかわらず、ウィリアムズはクラブに来るときにはつねに軍服を着ている。グレースとリヴェットは、任務中ではないときにはウィリアムズと会わないが、ブリーンは訓練の最新状況を伝えるために、週に一度ここで会う。だが、ウィリアムズはもともと威風堂々とした人物だが、前の会議のときとはちがって、火急の要件がある感じではなかった。

リヴェットが、狙撃兵らしい鋭い目で、ウィリアムズを眺めた。「おれがいなくなったら、淋《さび》しいんじゃないか、中尉?」グレースに向かっていった。

「いったいなんの話?」

「司令官はHROMの人間みたいな顔をしてる。〝きみらは落第だ〟というときの」

人的資源組織管理部《HROM》は、海兵隊の人事部門だった。リヴェットをフォート・ベルヴォアに配属したのは、その部門だった。全体を管理する人員予備役局とは異なり、HROMは高度な機能を有する部隊を扱う。

「うーん」グレースがいった。「ちがうと思う」

「どうしてわかる？」

「処刑人が絞首刑にされる人間にタブレットを持ってくるわけがない」

ブリーンは、グレースの分析に賛成だった。ウィリアムズは非常用持ち出しバッグを持っていなかったが、ブラック・ワスプが正式な手順で解散されることはありえない。彼らは人的資源事務局、人間資本計画管理部を通じて、〝訓練〟のためにここに配属された。命令や書式は形のうえだけでそこに存在している。

三人は立ちあがり、敬礼をした。ウィリアムズが答礼し、リヴェットが椅子をさっと用意した。明らかにまだ安心していないようだった。

「旅支度が軽装ですね」リヴェットが観察したことをいった。

「装備は車のなかだ」ウィリアムズがいいながら座った。

リヴェットの顔に安堵《あんど》の色がひろがるのを、グレースは見てとった。太平洋の日暮れみたいだと思った。グレースもほっとしていた。宇宙が釣り合いのとれたところに彼女を配置して、そこから引き離すことはなさそうだった。〝道〟は気まぐれな動きはしない。

　ブリーンは、ウィリアムズのその言葉から、どこへ行くにせよここから空路で出発するのではないと察した。その場合には、秘密保全のために、ここから飛行場へ行く。国内から出ないのだとすれば、ジョン・ライト大統領の就任式か、けさアパートメントで〝不審な〟死を遂げた将校に関係があることだろう。ブリーンは、アメリカ海軍の現役勤務者名簿で被害者のことを調べた。ベッキー・ルイス少佐は、海軍情報局に所属していた。次期大統領に対する特定の脅迫がないようなら、ブラック・ワスプを使用するのが当然の対策だと思われた。

　もっとも、シークレット・サーヴィスの影の代理としてブラック・ワスプを使おうとしているのなら、話はちがってくる。ブリーンは不機嫌にそう思った。

　ブリーンは脳に住むサルに、べつの木に登るよう命じた。それでも、次期大統領がルイス少佐に直接の関心を抱いているのはなぜなのだろうという疑問が、頭を去らなかった。

　ウィリアムズがすこし腰をかがめて、チームのほうを見た。

「海軍情報局《ONI》の諜報員《ちょうほういん》ふたりが、この数時間に死んだ――ひとり、もしくはふたりが、殺された可能性が高い。われわれは車でフィラデルフィアへ行って、殺人だとわかっている一件を捜査する。死んだ将校の記録は送信しておいたから、車中で読んでくれ」

ブリーンは、すぐさま受信箱を確認した。

「リチャード・ハミル大佐」ファイルのタブを見て、ブリーンはいった。「特記事項はなし――」

「大統領や、大統領の部下の資産ではなかった」

ウィリアムズは、ハミル大佐と、家宅侵入についてわかっている乏しい情報を伝えた。バンに乗っているあいだに、ブラック・オーダーについて話し合うと告げた。タブレットにダウンロードした、付近の交通状況の情報も共有した。ほとんどが、パターンを見分ける目と――頭脳――があるブリーンに向けたものだった。人口動態、市街のブロックごとの出発地点、乗降者などに関する、運輸省の情報データもあった。海軍施設近辺の乗降者のデータも含まれていた。

「何者かがそこから出てきた場合、任務を終えて戻れる」ウィリアムズはいった。

「裏切り者」リヴェットが、蔑《さげす》むようにいった。「ただのネズミじゃない。またやるために戻ってくるネズミだ」

「これが内部の人間の仕業だという証拠はあるんですか？」ブリーンがきいた。

「いまのところはないが、未亡人は基地外の先任警衛兵曹《MA》に警護されている」

〝未亡人〟という言葉が、ウィリアムズには不自然に感じられた。アトラスが死んだという事実を強調する言葉だった。

「賢明な予防措置だ」ブリーンが、交通のファイルをじっくり見ながらいった。

「監視は？」

「現在、フィラデルフィア市警とＯＮＩの縄張り争いが起きている」

「判事がいない法廷みたいに」ブリーンはいった。「しかし、殺し屋が基地から来て戻ったとは思えませんね、その時刻に、じかに往復したとは」

「ゲートの警衛は？」

「いまの話からして、信頼できないと想定しなければなりません。でも、法科学がある。完全に消毒された（証拠を消し去った）犯罪現場などありえない。彼らは基地を捜索して、ハミルの自宅にあったものと一致するものを見つけようとするはずです。戦争を目論《もくろ》んでいる殺人者は、そこから出発したり戻ったりする危険は冒さないでしょう。ハミルの家は監視されていたのですか？　ＯＮＩはその情報にアクセスできたはずでしょう」

「わたしの知るかぎりでは、ＯＮＩはこれに関して結束している」

「つまり、犯罪そのものについては、わたしたちはなにもつかんでいない。提督がいま話したこと以外は」ブリーンがいった。

「わからないからフィラデルフィアへ行くんでしょう」リヴェットがいった。

「そのとおり」

「時間制限付きの警告があったといいましたね。戦争のことだけではなく、邪魔をするものは殺すという」ブリーンがいった。「脅しなのか、その可能性があるのか?」

「すこししかわかっていない背景については、車のなかで読んでくれ。しかし、ありうるだろうな」

リヴェットとグレースは、それぞれの経歴、関心事、技倆のちがいを乗り越えた目つきを交わした。ブリーンがそれに気づき、前の戦争、アメリカ革命のころの言葉が頭に浮かんだ。アラバマ州のギャズデンという街の旗で、ガラガラヘビが描かれ、こんな言葉が記されていた。

おれを踏みつけるな

3

ペンシルヴェニア州　フィラデルフィア
一月十六日、午前九時一分

フィラデルフィア自由図書館は、一八九四年に最初に開館したときには、市庁舎の狭い三部屋をあてがわれていただけだった。一九二七年にようやくローガン広場に壮大な中央図書館が開館し、現在は数十カ所の部門ごとの図書館及び別館が結合しているパークウェイ中央図書館になっている。

チャック・ボイドは、その知識の宝庫で働くのが大好きだった。四十二歳のボイドは、フィラデルフィア南部のことに貧困な地域で成長し、通りの資源ゴミの山で見つけた本が図書館代わりだった。教科書や現代作家の本がそこにあった。シェイクスピアやウォルター・スコットの本を捨てる人間はいないようだった。ボイドは市営バスの運転と修理を十数年やり、つねに乗客に親切だった。いつかフィラデルフィア・コミュニティ・カレッジの夜学に通い、恵まれないひとびと——と自分——を助けられる立場になりたいと願っていた。人事労務管理の学士号を取得したボイドは、自由図書館の成人教育課でパートタイムのプログラム事務官という職務についた。どちらの仕事もたゆまずこなし、深夜勤務の乗客数人の再就職を世話して、二年とたたないうちに成人教育課《OAE》課長に任命された。常勤のスタッフはボイドだけだった。課長ひとりの部門の活動も、おなじように細々としていた。

すばらしい仕事だし、励みになる環境だった。おおぜいの住民が手伝いに来ることが、とりわけうれしかった。びっくりするくらい数多い地元のビジネスピープルが資金を寄付し、何人かは時間も割いた。もっともひたむきで熱心なボランティアのひとりが、バートン・ストラウドだった。元陸軍レインジャー部隊隊員で角張った顎のストラウドは、かなり成功しているホームセキュリティ会社を経営していた。ストラウドは一週間に数回、早朝か夜遅くにやってきて、大学院生が家族を養える仕事につけるようにするマッチングプログラムに取り組んでいた。たいがいボイドよりも早くデスクにつき、雇用者のメールを読み——ＯＡＥを通して働くと優遇税制措置を受けられる——ウェブの日々の求人情報を捜す。

ボイドがはいっていったとき、ストラウドはオフィスのノートパソコンのほうへかがみ込んでいた。なにかに熱中していて、顔をあげなかった。ストラウドはいつもそうなのだ。注意を集中しているのが、ボイドにはわかった。陸軍退役軍人のストラウドは、右頰に古い火傷《やけど》の痕《あと》がある。掌底《しょうてい》くらいの大きさで、いまのようになにかに没頭しているときには赤らむ。ストラウドはその怪我《けが》の話をしないし、ボイドもきいたことはない。ストラウドは砂漠の嵐《あらし》作戦に参加したので、戦闘中の負傷だろうと、ボイドは思っていた。

ボイドはそっとオフィスにはいった。あとのデスク四台には、だれもいなかった。ガンメタルデスクは、大きな窓に沿ってならんでいる。ストラウドは、いちばん奥のデスクに向かって座っていた。いまよりも明るい未来を捜しにくる人間のために、それぞれのデスクのそばに椅子がある。コンピューター、電話、iPadのほかには、ストラウドのデスクにはなにもなかった。

ボイドが瘦《や》せた顔の下半分に巻いたマフラーをはずしたとき、スチーム暖房がシューッという音をたてた。ボイドは、コートラックのストラウドのカシミアのコートのそばにマフラーをかけて、灰色の豊かな口髭をなでた。

「おはよう、チャック」ストラウドがようやく顔をあげ、笑みを浮かべていった。

「おはよう、バートン」

「やはり一月だな」

「寒さが身にしみる」ボイドはいった。「あんたはきのう、だいぶ晩《おそ》くまでいたと、警備員がいってた」

「十一時まで仕事を離れられないやつがいたんだ。そいつの連絡があるのを、ここで待ってた」

「あんたはいいやつだな」ボイドはいった。

「受けた恩はひとにあたえないといけない。いまも、学生をふたり雇いそうな人間とチャットしてるところだ」

　ボイドは、手袋を脱いでポケットにつっこみ、コートをかけて、右のほうにある自分の狭いキューービクルにはいった。ガンメタルデスクにショルダーバッグを置いた。ボイドの仕事場にあるそのほかの調度は、休憩室のソファと小さなエンドテーブルだけだった。ボイドは、そのテーブルの一杯用コーヒーメーカーのところへ行った。ストラウドがすでにそれを使っていた——三度も——ゴミ箱にプラスティックのパックが三つあったのでわかった。オフィスにはヘーゼルナッツのかぐわしい香りが漂っていた。ボイドは一杯分のパックを入れた。

　コーヒーメーカーが音をたてはじめると、ボイドは休憩室の戸口から身を乗り出した。「ウォールナットの交通状況はどうだった？」

「問題なかった。どうして？」

「バスに乗ってたときに、スプルース・ストリートが通行止めになってるって、南東ペンシルヴェニア交通局《SEPTA》のアプリの警報が届いた」

「なにがあったんだ？」

「家宅侵入らしい」

「聞いてない。なんだったんだ？　ホームレスか？　屋根のあるバス停で寝てるのを見たことがある」

「おれが運転をはじめたときから、あわれなやつらはそうしてた。ホームレスじゃないと思う。だけど、ふと思ったんだ。こういう事件のことをみんなが聞いたら、あんたのビジネスは繁盛するんじゃないか？」

「家宅侵入のことか？　たしかに上向くだろうな。大騒動になったときは、だれでも情報や安全をほしがる。おれが営業所に行ったら、列ができてるだろう」

「あんたはあちこちに広告を出してるから、電話もかかってくる」

「このビジネスでは、安心と安全をあたえないといけない。しかし、設備の取り付けと監視のコストを聞いたら、たいがい興味をなくすものなんだ。それに、モーションディテクターが誤作動しないように、猫や犬をどこかに閉じ込めておかないといけない」

「それは考えなかった」

「商売上、秘密にしておかないといけないんだが、トラックや歩行者が通ると吠《ほ》えるのさえ気にしなければ、犬は最高のセキュリティなんだよ」

「ここでは犬は歓迎されないだろう」ボイドはにやりと笑った。

「だからこそ、地下の稀覯本《きこうぼん》も上の本棚も、ストラウド・セーフ・アット・ホームに護られている」

ボイドは、感謝をこめてうなずいた。ストラウドはセキュリティシステムを寄付し、それがつねにボイドを活気づけていた。いっしょに働いているひとびとの暮らしやビジネスに関するさまざまなことや、受けた恩をひとにあたえていることを知るのは、いい気分だった。

コーヒーメーカーのドリップがとまり、ボイドはオフィスのほうを向いた。「なあ、あらためてあんたにいわないといけない、ストラウドさん」

「なにを?」

「あんたがやってる仕事に、どれほど感謝してるかを。ボランティアはおおぜいいるが、あんたは格別だ。ほんとうに気にかけてる」

ストラウドが、また笑みを浮かべた。「言葉じゃいえないくらい、そうしてる」

ボイドが笑みを返し、コーヒーの香りのほうへ歩いていった。ボイドの姿が見えなくなると、ストラウドの薄笑いがゆがみ、抜け目なさそうな皺が顔にひろがった。その渋面は、ボイドに向けたものではなかった。ボイドはまっとうな人間で、仕事と不運なひとびとに尽くしている。ストラウドのしかめ面は、心の底で煮えたぎっている混沌とした思いを物語っていた。バートン・ストラウドは、何年ものあいだ、そういう状態に耐えてきた。正しい路線に修正される見込みがあるあいだは、できるだけそれを押し殺していた。

ストラウドは、負傷の原因となったイラクでの友軍誤爆を、ずっと見逃してきた。マリファナでラリッていたやつが、誤ってイラク軍の塹壕《ざんごう》にＭｋ‐77焼夷弾《しょういだん》を投下するよう命じた。そのとき、そこにはレインジャーの偵察部隊がいた。ふたりが死んだので、ストラウドは運がよかったと思うしかなかった。表現の自由が抑圧されたことに対する左翼の暴力、アンティファ（反ファシスト運動）の街路占拠についても、くよくよ考えはしなかった。路線は自然と修正されるだろうと願っていた。

そう祈っていた。

やがて、全国で選挙が行なわれた。あらたな大統領、連邦議会、政府、州議会はすべて、若者と急進主義の方向へ傾いた。勝者たちは、二世紀半近く存続してきた国を憎悪しているだけではなく、それを造り直そうとしている――ジョン・ライトの政治スローガンが約束している〝真の民主主義〟とかいうものに。

声なきひとびととその票は、キャンパスとインターネットの投票運動によって無力になった。かつて光り輝いていた国の昔ながらの市民には、もはやたったひとつの選択肢しか残されていない。

ひとつの選択肢……と予定表。彼の予定表。

ストラウドは、オフィスのコンピューターのほうを向き、クリストファー・サルノとやりとりしたメッセージをアーカイブに保存する作業を終えた。きのうの夜更けときょうの早朝にオフィスに来たのは、そのためだった。最初のメッセージは午後十時三十三分に着信した。サルノが発見されるか、訊問《じんもん》された場合のために、隠蔽《いんぺい》のための作り話をこしらえてあった。ブラック・オーダーのべつのメンバーをクライアント候補に仕立てて、成人教育課《OAE》の仕事のように見せかけてある。フィルポッツは、キャリアの機会をひろげるための講座まで受講している。

時間割に疎漏《そろう》がないのを確認して、ストラウドはほっとした。

十一時十分：いくつかドアがあいた。
十一時十八分：候補者ふたりが有望。
十一時三十分：男は失業、女は受け入れられた。
十一時三十八分：面接終了。
十二時十三分：バー〈ユングの共時性〉で一杯飲む。

なんの不審もないような言葉遣いにしてあった。最初の三つは、サルノがハミルのスプルース・ストリートのタウンハウス内にいるあいだに送られた。ストラウドのホームセキュリティを解除するコードをジャクソン・プールが埋め込んであり――プールは海軍のシステムすべてにそれを埋め込んでいた――ドアは予定どおり音もなくあいた。

メッセージに問題はない。ストラウドは、アーカイブに保存した。もうひと組のメッセージは、ストラウドがけさここに座っているときに届いた。元デルタ・フォース中尉のディー・ディー・アレンからだった。ふたりは話を合わせて、不審なところがまったくないように見える電子の足跡を創るという同一の目標を達成した。アレンはワシントンDCにいる友だちを訪ねた。ふたりは食事をした。いっしょにぶらぶらした。分かれてホテルに戻ったアレンは眠った。

いちおうそのとおりだった。彼女の任務が成功だったことを、メールは伝えていた。朝のニュースが、その事実を裏付けた。

だが、メールは〝新規採用された〟ふたりとストラウドの偽装に役立っているだけではなかった。そのタイムスタンプは、旧きよきアメリカが終わりを告げたことを追《つい》悼《とう》していた。そして、これらのメールは、ライトが次期大統領に就任することが明らかになったときから一年以上かけて立案された計画が起動した時点を示していた。一連のメールは、戦争そのものの予備機動にすぎないが、アメリカ独立戦争のコンコード・レキシントンの戦いにおける最初の銃撃とおなじくらい重要だった。

それに、自由図書館はオフィス用コンピューターを提供してくれるだけではなかった。そこはバートン・ストラウドの秘密の隠れ家でもあった。ストラウドの自宅は作戦の中枢だった。〝農場《ホームステッド》〟もおなじだった。ストラウド・セーフ・アット・ホームの営業所は、ふりの客やスタッフの活動で騒がしい。営業マンが新しいセキュリティシステムを売り込み、客は新しい装置の使いかたを教わる。ブランド拡大のための営業もある。ＯＡＦのオフィスは、そういったことからの避難所で、まともに仕事ができる隔離された場所、考えるのにうってつけの場所だった。

いや、ちがう。行動のための場所だ。今夜、閉館時刻の前に戻ってきたとき、世界は一変しているはずだ。

ストラウド・セーフ・アット・ホームの仕事をやるために、ストラウドは自分のタブレットに目を戻した。ワシントン広場と川沿いの地区から問い合わせが届いていた。いずれも犯罪現場の近所だった。ランチタイムには、襲撃の詳細がわかり、ひとびとがじっくり考えて、恐怖が経済観念をしのぐようになって、ふりの客が増えることはまちがいない。

客の第一波は営業所に任せることにした。いまはほかにやることがある。ジャクソン・プールを陣地《ポジション》に行かせなければならない。もっとも、あとのメンバーに対するのとは異なり、プールに対してストラウドは軍事用語を使わないようにしていた。プールは熱狂的な一般市民で、勇猛な軍事行動の後援者や当事者ではない。無理強いはできない。それに、海軍情報局《ONI》は巨大な組織で、もっとも俊敏な情報機構とはいえないが、こちらの電子監視網の外の組織の人間も、〝自分たちの組織に関係がある〟と見なして、熱心にこれを調べるにちがいない。そういう理性的ではない猪突猛進《ちょとつもうしん》型の人間が、砂漠の嵐作戦のときにもいたことを、ストラウドは思い出した。何者であるかはわからないが、そういう人間とまもなく遭遇するはずだ。
そのときには、そいつらも始末する。

*

クリストファー・サルノが十三番ストリート駅に近づいたとき、記憶しているダンテの『煉獄篇《れんごく》』の一節が口をついて出た。ささやき声で発せられ、スコッチの香りがかすかに漂った。

見よ！　あの絶壁を
煉獄を囲繞《いにょう》している！
見よ！　絶壁が割れ
その入口がある！

〈共時性〉で数時間かけてスコッチを飲んでよかったと思った。殺人の興奮が和らぎ、幸福感が落ち着いたが、酩酊《めいてい》するほどではなかった。酔ってしまったら、任務の最終段階を台無しにする。たいがいの軍事作戦が失敗に終わるのはそういうときだと、サルノは経験から学んでいた。困難な仕事が終わったとたんに、チームのひとり――たったひとり――が気をゆるめて手を抜いたせいで、あとの全員がその代償を払うはめになる。

いまのおれはちがうと、遠い親類だとされている十四世紀のイタリアの詩人の言葉ではない決まり文句をサルノは唱えた。

灰色の厚手の長いコートを着たローマ生まれの殺し屋は、駅にはいった。ストラウド・セーフ・アット・ホームの配達員として働くときに着ているオレンジ色のジャケット――偽装に役立つ――ほど着心地がよくはなかったが、このほうがたしかに暖かかった。コートにはぺらぺらのフードがついていたが、サルノはかぶらなかった。凍《こご》えるような寒い夜だったが、だだっぴろい駅は暖かかったし、顔を隠すと警察の注意を惹《ひ》きかねない。目出し帽をはずしたのも、そのためだった。殺人犯が目出し帽をかぶっていたと報告されれば、厳寒の夜にそういう格好をしている男たちが目をつけられて、法執行機関の時間と資源が無駄に使われる。

そこで、手足の長いサルノは、白いポンポンが上についているグリーンのニット帽をかぶっていた。季節に合っていて、小粋で、首に巻いているフィラデルフィア・イーグルズのマフラーとも合っている。広いホールを歩きながら、サルノは指一本でマフラーを下におろした——寒い外からはいってきた人間がだれでもやるように。だが、帽子はすこし目深《まぶか》にかぶって、眉毛の近くまで覆っていた。かなり秀でた額を隠すためで、マフラーも力強い顎を覆っていた。

なにをどういうふうに着こなすかは、追加の予防措置だった。ルートを三日間調べたサルノは、防犯カメラの位置を知り、通りではカメラを避けた——心配だったからではなく、ベッドに寝ていた女がなにかに気づき、そのなにかがカメラに捉《とら》えられるかもしれないと思ったからだった。

サルノは通りでも賢明な予防措置を行なった。ベンチの右側の暗いところを歩き、明かりが消えている店を覗《のぞ》き込み、あいていた唯一の店——菓子や甘い飲み物や中国製の小物などあらゆるものを売っているが、新聞は扱っていない新聞売店《ニューズスタンド》——の前で立ちどまった。

世界はあまりにも速く変わっていると、六十三歳のサルノはそのときに思った。子供のころは、三十セントでコミックブック一冊と〈三銃士〉キャンディバー一個が買えた。いまではそのキャンディバーはシュガーハイを引き起こす大きさだし、四ドルよりも安いコミックブックはない。ここの通勤者が以前は新聞か《スポーツ・イラストレイテッド》を読んでいたことを思い出した。そのあとは〈数独〉を解くのに苦労していた。その後、ショートメール、フェイスタイム、メールにすべてが呑み込まれた。建築されてから九十年近い駅の古くて豪華なトラバーティンの外装に気づく人間がいたら、度肝を抜かれるような衝撃をおぼえるにちがいない。

サルノは、そういったすべてを憎んでいた。IT危機が問題なのではない。それは腐った内部を表に表わしているにすぎない。ストラウドには自分の政治目標があり、サルノはそれに同調していた。だが、サルノ自身の欲求はそれよりも大きかった。**地獄でもっとも熱い場所は、倫理の絶大な危機のときに中立を守るやつらのためにとっておく**（J・F・ケネディが引用したことで知られるダンテの言葉）。

彼らをすべて阻止しなければならない。怠け者の特権階級の若者、すべての性的倒錯者、すべての麻薬使用者を。元妻ふたりには、アナーキストと呼ばれた、あるいは、心の底では――。

やめろ！

サルノは、思念と感情を強いて正しい軌道に戻した。殺しのせいでハイになっていたが、やる仕事がいくつかある。三十時間眠っていないが、スコッチを二杯飲んだせいで、頭のなかが多弁になっていた。

それとも、コーヒーのせいかもしれない。バーはどこも暗かった。暗殺をやり、メッセージを送ってから、サルノは数時間歩きまわった。目出し帽はかぶらず、姿を隠さず、バスに乗って、結局夜の行きつけの場所へ行った。センター・シティでは終夜営業の店は多くないが、それでも何軒かはあいていた。フィラデルフィアの繁華街は、サルノがドレクセル大学の落第大学生だったころよりもずっと活気がある。

サルノはそこでバートン・ストラウドと知り合った。おなじヨーロッパ文学の授業をとっていた。ストラウドはフィラデルフィア生まれで、犯罪学を専攻していた。サルノはペンシルヴェニア州西部の出身で、軍学を学んでいた。夜にどこかへ行くあてがなかったので、独身寮の監視の目を逃れて持ち込んだスコッチかラムを飲みながら、歴史について議論した。仕事をやるには頭がはっきりしていないといけないので、ふたりとも最近はあまり飲まない。

とにかく、あの家へ行けるくらいにははっきりしている。

官憲が電車、ハイウェイ、水路を見張っているはずなので、サルノはジャーマンタウンのストラウドの家にじかに行くのを避けた。それも絶対に必要な手間ではなく、ただの用心だった。夜が明けるまで街中にいるのが最善だと、ストラウドが判断していた。そうすれば、サルノが捕まったとしても、そこはストラウドの家ではないし、助けに行ける。

それに、事件後、防犯カメラには映らないとしても、おおぜいの人間に見られることも重要だった。なんの罪もない人間は、恐れる必要がない。しゃべり、話を聞き、交流する。CIA特殊活動センターの現役工作員だったときには、それがサルノの手口だった。レバノンとシリアで十数年活動して、疑わしく〝見える〟ということがありえないのを知った。何事かで有罪かそうではないか、ふたつにひとつなのだ。

サルノは、混雑しはじめた駅をようやく通り抜けた。郊外の飛び地、街を囲む〝周辺部〟から、ぽつぽつ乗客がやってきて、タクシーに乗るか、つねにどこかで工事が行なわれているスクールキル川の現場へ向かっていた。ディー・ディーは仕事をやってのけただろうかと、サルノは思った。駅の大きな時計では、そろそろ実行の時刻だ。だが、気が散らないように、携帯電話を出してニュースを確認することは控えた。

疲労に呑み込まれる前に家に行きたかったので、サルノは歩度を速めた。SEPTAの地下鉄に乗るために、雑然とした携帯電話と人の波に逆らってきびきびと歩いた。ノイズキャンセリング機能があるAirPodを付けたいと思ったが、うしろから追ってくる人間がいた場合に、靴かブーツの足音を聞きつける必要がある。ハミルを刺したハンティングナイフは持っていない。何頭もの鹿《しか》や猪《いのしし》をさばくのに使ったナイフだった。イラクで活動していたイラン人にも使った。ナイフ、目出し帽、気に入っていた古いハンティング用手袋は、ゴミ収集車にほうり込んだ。近くから見ていると、卵の容器やバナナの皮の下でそれらが押し潰《つぶ》されるのが見えた。だが、コートは二階に行く前に脱いだ――ハミル夫人に見られないように――彼女に見られた黒いジョギングスーツはまだ来ている。それを始末するまでは、誰何《すいか》されたくなかった。ポケットにはグロックがあるが、警官も拳銃を持っている。

サルノは、九時二十一分に電車に乗った。ジャーマンタウンの駅まで三十分かかる。屋根のない古い石壁の駅でおりたのは、サルノだけだった。階段を昇り、葉が落ちた古い並木のある通りを歩いた。リンカーン・ドライヴとハーヴィー・ストリートの角に近づいたときに、どっと疲れが出た。バートン・ストラウドが所有するタウンハウスは、再開発によって高級化された昔の住宅で、ふたりは何十年も前にそこで夜更けまで話し合った。当時といまの唯一のちがいは、セキュリティと通信のために多くの電子機器が新しくなっていることと、万一の場合の対策が仕組まれていることだった。

サルノは、そこへ到着すると、ストラウドのＯＡＥのアドレスにメールを送った。

十時十五分：就寝時刻

それでサルノが家に着いたことが、ストラウドにわかる。尾行されていたときには、つぎのようにつけくわえる。

それに、片目をあけている。

サルノは眠り、午後一時にストラウドが帰ってくる。そのころには、ディー・ディーがワシントンDCの自分の根城に戻っている——秘密保全のために、どこなのかサルノは知らされていない。グループの共同創立者マーク・フィルポッツとエイジ・ホンダは、西海岸からビデオ会議で参加する。グレイ・カービーも会議に参加する予定だった——無事で、帰宅できれば。ジャクソン・プールは参加しない。プールには、生き残ることを除けば、ひとつの役割しかないが、それは数多くの戦域に及ぶ不可欠な任務なので、注意が散漫になるのを避けたいと、ストラウドは判断した。

サルノは、二階の自分の部屋へ行き、ベッドに腰かけて、靴を脱いだ。となりの狭いバスルームを使ってから、仕事がうまくいった満足感にひたり、仰向《あおむ》けに倒れ込んだ。あっというまに深い眠りに落ちる前に、最後に頭に浮かんだのは、つぎのような文章だった。〝その本、わたしの回顧録で、章の最初のページに、あんたとはじめて会ったときのことを書こう。'新しい人生がここからはじまった'のだと〟。

4

ヴァージニア州　フォート・ベルヴォア
一月十六日、午前九時三十四分

アムトラックに乗るほうが楽だろうが、フィラデルフィアに着いたら機動力が必要になるし、武器を持って列車に乗るわけにはいかない。リヴェット兵長は、重装備で旅をする。拳銃二挺《ちょう》——四五口径のコルトと九ミリ口径のSIGザウアー——にくわえて、南アフリカでのチームの任務で選んだ二種類の銃を持っていく。十五発入り弾倉付きのヴェクターSP1セミオートマティック・ピストルと、ロシア製のASヴァル・アサルトライフル。高速列車アセラの棚は、リヴェットのそういう装備を載せるようにはできていない。

「戦争になったら、おれが軽装じゃないほうがいいだろう」それらの装備をバンに積み込むのをグレースが眺めていると、リヴェットはいった。グレースは左腕の大きな袖《そで》の下に、鞘《さや》に入れたバタフライナイフを携帯しているだけだった。

　将校クラブでの会議を終えてから十五分以内に、ウィリアムズとブラック・ワスプの三人は、オプ・センターが自由に使える大きなフォード・トランジットに乗り込んだ。

　そのバンは三年前の型で、もともとオプ・センターのＩＴ部門だったアーロン・ブレイクの〝おたく帷幕会議室《ギーク・タンク》〟に属していた。アーロンは、国際宇宙ステーションをもとにデザインしていた。本体が旧式にならないように、バンにはかつて、テクノロジーのほとんどをプラグインできるベーシックなコンピューターが備わっていた。いまも残っているのは、アーロンが〝バーコード〟追跡と呼ぶものをごまかして混乱させるための基本的なＣＹＴ――証拠隠滅《カヴァー・ユア・アス》――テクノロジーで、ダッシュボード内に収められている。道路の料金所、駐車場、速度取り締まりのレーザー装置など、アーロンの部門が介入しているのを暴くおそれがあるものをすべて欺瞞《ぎまん》する。アーロンは、この装置を常時、作動していたわけではなかった――〝電子信号が遮断されると、法執行機関の注意を惹く〟――だが、バンが行くところで必要なときには、いつでも使えるようにしてあった。アーロンのチームは、ソーシャルメディア分析に連結されているTRACシステム――タンク偵察及び相関システム――と、今後問題が起きそうな場所を予想するのに役立つ脅威分析方位指示も設定していた。教練の事案想定《シナリオ》を創るのに、チームはいまもそれを利用している。

ウィリアムズは、〝ザ・タンク〟のミレニアル世代ののんきな態度、服装、ポップカルチャーを心底理解していたといえないが、彼らが正統ではないやりかたで問題を解決することに敬意を抱いていた。グレースとリヴェットについても、ふたりの流儀に従うほうが楽だった。

フォート・ベルヴォアの基地兵站準備センター、輸送整備課は、ブレイクの流儀よりもずっと旧弊だった。どこから来たかをごまかすために、オリヴィア・ステュワート上級曹長がすでにペンシルヴェニア州のプレートに付け替えていた。オプ・センターがアンドルーズ空軍基地にあったときに維持していた何台もの車両と比べると、性能が落ちるが、それでも強力なバンだった。ウィリアムズは、それでじゅうぶんだと思っていた。オプ・センターそのものが、ウィリアムズがこれまで指揮してきた艦隊よりもずっと小規模だった。

チームに必要な装備と人材の厚みがあれば、外見はいくら縮小してもいい、とウィリアムズは思った。

ウィリアムズが運転し、ブリーン少佐が助手席でタブレットを見ていた。グレースとリヴェットは後部で、ベリーが集めたハミル大佐のファイルを読んでいた。

マット・ベリーからニュースと新情報が伝えられるいっぽうで、ブリーンは詳しく調査していた。

「いえるのは、ブラック・オーダーに歴史上の先例がないということです」バンがかなりの距離を走ったあとで、ブリーンがいった。

「先例がなければならないのか？」ウィリアムズはきいた。「われわれがオプ・センターで監視していた集団はたいがい、特定の事件から生まれたものだった」

「そのとおりですが、違法であるかどうかにかかわらず、ほとんどすべての運動に歴史的な起源があります。アメリカ革命の発生源は、〝自由の息子たち〟でした。海軍支援施設《NSA》基地の歴史と殺された大佐の経歴も調べました――家宅侵入、戦術的殺人、戦争をはじめるという殺人者の脅しの根拠になる思想の前触れになるようなことは、なにも見つかりません。それでも、これらはすべてひとつの計画の一環です。地政学的な計画には、基本理念がかならずあります。組織名を解読すれば、それを読み解くのに役立つかもしれないのですが、ぴったり合うものがまったく見つかりません」

「ぴったり合っていない歴史上の名称は？」

ブリーンは、リストを眺めた。「ブラック・ガード。西アフリカ人とモロッコの奴《ど》隷《れい》の軍隊。十七世紀。ブラック・フライデー。一八六九年、アメリカの金市場崩壊――」

「ブラック・パンサー」リヴェットがいった。

「いい例だが、一部が黒人ナショナリズムに根差しているというちがいがある」ブリーンはいった。「要するに、〝ブラック〟と〝オーダー〟を含む名称は数多くあるが、そのふたつが結び付いているものはひとつもない」

「個々の言葉を考えたらどうだ？」ウィリアムズはきいた。「〝ブラック〟は、夜、闇《やみ》、恐怖、あるいは人種。〝オーダー〟は団体あるいは序列――」

「あるいは部隊」ブリーンがいった。

ウィリアムズは、顔をしかめた。「ああ。わかり切っていることを見過ごした」

「しかし、そうですね。名称を単語に分けて解釈すると、〝恐ろしき部隊〟とか〝闇の序列〟のようなものができます。しかし、総合的で、役に立たない。ひとつの集団があるというだけで、規模は不明、政治目標もわからない。存在していて、威《い》嚇《かく》するような名称とともに現われたというだけで」

「ただそれだけなのかもしれない」グレースが意見をいった。「中国の〝党〟が残虐だったために、二十世紀はじめのニューヨークでは〝党〟がつくものはすべて恐怖を呼びさました」

「恐ろし気な名称はわたしも知っている。祖母がブードゥー教でそういう名称を使っている。しかし、わからないのは、どうしてルイス少佐が退役した兵站将校をスパイに使ったかということだ。GPSを使える人間なら、だれでもできた仕事だし、自分の組織の人間でもよかったのに」

「秘密よ」グレースがいった。「ルイス少佐は、会議かプロジェクトでハミル大佐のことを前から知ってて、信用できると思ったのかもしれない」

「秘密漏洩の一件で？」ブリーンはきいた。

「ルイスの過去のことから」

「わからないよ」リヴェットがいった。

「ルイス少佐は、アナポリスでルシンダ・プロジェクトを立ちあげた。オフサイトのLGBTQ支援センターよ。ルイスの履歴書の〝積極的行動主義〟の欄に載ってた」

リヴェットはくすくす笑った。「でも、履歴書にはLGBTQだとは書いてないよね」

「それは、軍が履歴から性的アイデンティティに関する描写を消去しなければならなかったからだ」ブリーンがいった。「登録された組織名しか記載できない」

「フォート・ブラッグで女性たちがその話をしてたのよ。彼女たちは、なんなのか知ってた」グレースがつけくわえた。

リヴェットが顔をしかめた。「おれは自分の世界が好きだ。単純だし」

腰の空のホルスターにちょっと手を置き、うしろのグリップに手をのばした。近づいているのをターゲットににおいで気づかれないように、無香料の研磨剤を使い、銃を一挺ずつクリーニングした。

グレースがいったことは、リヴェットにとっていい勉強になったが、ウィリアムズにとっても初耳だった。ルイス少佐にそういう経歴があったとは知らなかったし、役に立つ情報だった。ルイスは独自に活動し、上官を通さずに実行することを恐れない。この任務への取り組みかたは、それで説明できるかもしれない。海軍の流儀でやる必要はなく、もっとも直接的な方法でやる。それがもっとも安全な方法であるかもしれない。ウィリアムズは、自分たちも自由な発想でやるという方針でよかったと思った。

ウィリアムズの電話の着信音が鳴った。

「マットからだ」ウィリアムズはいった。グレースがフロントシートのあいだから身を乗り出し、ウィリアムズはスピーカーホンに切り換えた。「全員で聞いている、マット」

「よかった。これは全員向けだ。アパートメントの火事はとんでもない事件だった。原因は――信じられないだろうが――爆発する矢だった」

四人がその情報を理解するまで、一瞬の間があった。

リヴェットが、銃から顔をあげずにいった。「おれは信じる」

「だれもそんなものは製造していない」ウィリアムズはいった。「自家製にちがいない」

「ONIでもそういっているが、残骸《ざんがい》がほとんどない。何者かが焼夷手榴弾《しゅりゅうだん》を矢に取り付けて、ピンを抜き――ピンは回収されていない――となりのビルから放ったようだ」

「一五〇ヤードかそれ以上、離れていたかもしれない」リヴェットがいった。

「窓に面した屋上は、精確に一四八・七フィート（四五・三二メートル）離れていた」ベリーがいった。「みごとなものだ。射手は警備員を気絶させて侵入し、防犯カメラの画像を煙幕でぼかしてから、ドアノブを雷管で吹っ飛ばした――それもわれわれの軍の装備ではない。キリル文字の末尾が読み取れた」

「ロシア製か」ウィリアムズはいった。

「モスクワが黒幕だとは、だれも思っていない」ベリーがいった。「連中はこんな派手な暗殺はやらない」

「しかし、ナイフを持ったハンターや、弓を使うハンターならやる」ブリーンが、考えたことを口にした。

「いま、だれがそういった？」ベリーがきいた。

「わたしだ、マット。ブリーンだ。思いついたことを口にした」

「わたしもふとそう思った。ああいう脅しもだ。政治目標があるか、刺激を求めているアウトドア好きの人間かもしれない」

「刺激を得るためにハミル大佐を殺しはしないだろう」ブリーンはいった。「それに、メッセージを届けるよう要求していた」

「ブラック・オーダーは、アウトドア好きな人間か、サバイバリストか、それともその両方かもしれない」

「ハンティングの法律が気に入らないか、猟期を待ってるのかもしれない」グレースがいった。

「そういうことなら、森林の監視員かインフラを狙《ねら》うだろう」ブリーンが、グレースをたしなめた。「だとしたら、幕開きが殺人二件なのに、目標が控え目すぎる」「同感だ。だとしたら、つぎのターゲットについて考えられることは?」ベリーがきいた。

「しごくもっともな疑問です」ウィリアムズはいった。「彼らは自分たちをスパイしていたとおぼしい人間ふたりを抹殺した。彼らの言葉をそのまま受け取れば、つぎの戦いの――」

「形式、戦いの場、目標がわかっていない」ベリーはいった。

「フィラデルフィアNSAで所在不明になっている軍需品はありませんか?」ブリーンがきいた。「戦争には武器が必要です」

「われわれはロシアの爆発物は備蓄していない」ベリーが指摘した。

「それはトルコからオンラインで買えます」ブリーンはいった。「盗む必要はありません」

「そうか、ONIが調べていればいいが」ベリーはいった。「きいてみる。単純に〝イエス〟か〝ノー〟が求められる質問には、進んで答えてくれそうだから、簡単なはずだ」

「〝領域保全〟と連中はいっています」ウィリアムズはいった。「オプ・センターがアンドルーズにあったとき、ＯＮＩはどんな日報をよこしていたんでしょうね。われわれには低レベルの情報だけを渡して、ＯＮＩは高度の秘密情報を明かしていなかったのでは？」

「ここだけの話にしてもらえれば、それに答えられる、チェイス」

ウィリアムズは、それをきいてびっくりした。「そうですか。話してください」

「オプ・センターは情報共有について、慎重に選択していたんじゃないか？　きみたちはジャニュアリー・ダウにデータを知らせなかっただろう？」

ダウは国務省情報研究局副長官だった。攻撃的で政治好きな人間で、広範な情報活動の一環としてオプ・センターを指導していた。

「たしかにそうでした」ウィリアムズはいった。「結果よりも自分の野心を優先する人間に、国家機密にかかわる情報を教えるのに懸念を抱いていたからです。そういう情報を葬り去るか、取引材料に使うおそれがあるので」

「中央政界《ワシントンDC》とはそういうものだ」ベリーはいった。「だれもがそれぞれのやりかたで毒蛇に対処する。きみたちはデータを収集するためにフィラデルフィアへ行くが、率直に言って、それをＯＮＩに教えるかどうかはわからない。いずれにせよ、ブラック・オーダーが内部に存在していないことが確実になるまでは、教えられない」

ウィリアムズは沈黙した。ベリーがいうことは、なにもかも正しかった。

「いっぽう、ONIはDCの消防隊がルイス少佐のアパートメントで痕跡を捜すのを阻止できない」ベリーがなおもいった。「FBIも現場に捜査官を派遣できる。壁に埋め込まれた金庫や手書きのメモなど、なにかあればアレン・キムがわたしに知らせるだろう」

「わかりました」ウィリアムズはいった。「消防隊《FD》に期待――」

「待ってくれ」ベリーがいった。「ONIからなにかが送られてきた。イエスとかノーではない」意味深長な短い沈黙のあとで、ベリーが言葉を継いだ。「よし、これで空白の一部が埋まった。ONIは、ペンシルヴェニア西部で武器が売られたか、交換されたか、備蓄されたというような事件を、だれかが探り当てたかどうかを知りたがっている」

「狩猟地《ハンティング・テリトリー》」ウィリアムズはいった。「アトラス・ハミルが関与していた理由がわかった」

ベリーが、なおもいった。「ルイスが死んだのを新聞で知った武器密売人タイキニスがONIに連絡し、ルイスの捜査が開始されたきっかけは、その地域で、代金が目につかないように置いてあるさまざまな場所に銃器と爆発物を届けたことだと伝えた」

「相手にじかに渡したのではなく？」ウィリアムズはきいた。

「じかに渡したのではない。おたがいを信用するようなビジネスではない」

「それはわかるけど、このタイキニスというケチな野郎は、どうして顧客を売ったんだろう？」リヴェットが質問した。

「タイキニスも隠された資産だったようだ」ベリーがいった。

「両方から金をもらってたわけだ」リヴェットがいった。

「しかも怯えていた。ブラック・オーダーが、自分たちのことを知る人間を抹殺しているのだとすると、つぎは自分が殺《や》られると心配になったんだ」

「置いてきた場所は教えたんですか？」ウィリアムズはきいた。

「教えないだろう」ベリーはいった。「タイキニスは、カルテルのトラックに便乗していた――そいつらの怒りを買うわけにはいかない」

「やつらがどういう種類の武器を、どれだけの数、手に入れたか、わかっていますか？」ウィリアムズはきいた。

「十八カ月のあいだに、タイキニスは各種の手榴弾、ルガー10／22――」

「分解できる半自動小銃《セミオートマティック・ライフル》……手ごろな値段」リヴェットがいった。

「役に立つ知識だ」ベリーはいった。「資金が潤沢である必要はない。それから、コルト6920――」

「やはり廉価《れんか》な半自動小銃」

「それに、さまざまな種類の拳銃。銃器の合計は三十七挺」

「充実した規模の小隊」ウィリアムズはいった。

「それらにくわえ、ナイフや弓など、合法的に入手できたはずのものもあるはずだ」ブリーンがいった。

「フィラデルフィアNSAの在庫を確認する必要はなさそうだ」ベリーが結論をいった。「これで最新情報はすべてだ。DC消防隊がなにか見つけたら、電話する」

ベリーが電話を切った。ブリーンはすでにあらたなデータを分析していた。

「ひとつの構図が固まってきた」ブリーンはいった。「ルイスは、タイキニスの話からブラック・オーダーのことを知り、どこを本拠地にしているか、おおよその見当をつけた。タイキニスは、なにを売ったかを彼女に教えるのを避けた。そうでなかったら、ONIがタイキニスを跳び越して、根本から供給を断とうとしたはずだ。ルイスはタイキニスの情報に基づいて、サバイバリストかもしれないと疑ったかもしれない。それなら、差し迫った懸念ではない。ルイスは自分が知っている人間、その地域を知っている人間に連絡して、調べさせた。それも、ただの知り合いではなく、退役した男だった」

「どうしてそれが重要なんだ？」リヴェットがきいた。

「ハミル大佐は、既婚者の工作員向けのＳＡＦＥ規定を適用されていなかったはずだ」ブリーンがいった。

ＳＡＦＥは、配偶者工作員現場免除《スパウサル・エージェント・フィールド・イグゼンプション》の略語だった。おなじ技能を有する未婚の工作員を任務に使用できる場合には、既婚者ではなく未婚の彼もしくは彼女を任務につける。

「つまり、奥さんにやめろと説得されないように、詳細をいわずに危険な仕事をやらせたんだね？」リヴェットがきいた。

「関係していたのは、部内の守秘だけではなかったようだ」ブリーンがいった。「ルイス少佐は、上官から免除規定を適用しない許可を得る必要がなかった」

「ルイスはハミルを利用した」ウィリアムズはいった。

「ハミルは自主的にやったようだ」ブリーンが指摘した。

「おい、おれたちもイエメンでバスの運転手を利用したじゃないか――憶えてるだろ？」リヴェットがなおもいった。

「ジャズ、やめなさい」グレースが注意した。

「責められないっていってるだけだよ」リヴェットは、銃のクリーニングを再開した。

「でも、きょうの見出しはわかる。〝ハンティングの獲物殺人〟」

「しつこいわよ」グレースはいった。

「みんなとおなじで、考えてることをしゃべってるだけだ。あんたはＴＫ――スリル殺人鬼――のことを知らないみたいだね。これはまさにそういうやつらのやり口だ。なにもかもひでえ中世のコスプレだよ。なんでもありだ」

ウィリアムズは、その意見を言下に否定しなかったし、それを思うとぞっとした――これが現実の世界に移動したビデオゲームにすぎないとしたら、たいへんなことになる。テレビドラマ、映画、オンラインのアドベンチャーゲームの行動、倫理、服装を真似《まね》る以外に大きな野心がない暗殺者やテロリストの新世代は、暴力的なイデオローグか反社会的な人間よりもずっと恐ろしい。

「でも、それに関して、つながりがあるかもしれない」ブリーンがいった。

「なにに？」ウィリアムズはきいた。

「前に話をしたことですよ。アウトドアが好きな人間。ハミル大佐に気づいたのは、そのあたりだったかもしれない」

「困窮《こんきゅう》している退役軍人に鹿の肉を提供する団体」

ブリーンは、死んだ大佐のファイルを見た。「ＰＡＶＥ」ブリーンは読んだ。「ペンシルヴェニア鹿肉《ヴェニソン》」

「それはどうかな。アトラスは秘密を守ることに慣れていた。ＯＮＩの仕事のことをうっかりしゃべることはなかっただろう」

「ええ。でも、彼がどこへ行ったかは、やつらにわかる。武器庫がある飛び地があるのなら、そこに周辺防御も設置するはずです。目と耳があるようなものを」

「銃器愛好会かハンティングクラブのメンバーはどうだ？」ウィリアムズはきいた。「そういう連中には目と耳があり、自分たちの近くをうろついている人間に警戒するだろう？」

「ハミルの記録にはなにもありません」ブリーンは、タブレットに打ち込んだ。「ペンシルヴェニア……フィラデルフィア……スクラントン……ポコノ山地……ハンティングクラブが十数個ある」

「銃器のことからして、メンバーの名簿を調べたほうがいい」

「ロックされてますよ」リヴェットがいった。

「どうしてだ？」ウィリアムズはきいた。

「個人情報が漏れたら、死ぬまで消せないから」グレースが教えた。

ブリーンが、名簿をいくつか確認した。「そのとおり。アクセスを拒否される」

「だけど、やつらは名前をダークウェブに載せてるんじゃないの?」リヴェットがきいた。

「名簿から消去して?」ブリーンがきいた。

「そうだよ」

「そうか。一九九〇年代かそれ以前の、プリントされた名簿があるかもしれない。死んだ人間を削れば、オンラインから消えているが、以前にプリントされた名簿に載っていたやつが容疑者ということになる」

「プリントされた名簿ね」リヴェットが、ぼそりといった。「紙もまったく役に立たないわけじゃないんだ」

「詳細な情報が消されていることはべつとして、ひとつの方向を指し示してくれる」ウィリアムズはいった。「ルイス少佐は、ペンシルヴェニア西部を嗅《か》ぎまわるようアトラスに指示した。アトラスは、なにかを見つけるくらい接近したか、姿を見られたかもしれない。問題は、われわれもそれを見つけられるかどうかだ」

――両方かもしれない。

「ハミル大佐が行った場所がわかれば、よろこんで調べにいきますよ」リヴェットがいった。

「五、六〇〇エーカーの広さの場所だぞ」ハンティングクラブのデータを見ながら、ブリーンがいった。「カルテルが武器を置いた場所がわからないのに、ハミル大佐が通った道を見つけてそこをたどるのは、最善の時間の使いかたとはいえない。いまわれわれが望んでいない銃撃戦に巻き込まれるかもしれない」

「待て。どこかつじつまが合わないところがある」ウィリアムズはいった。「アトラスをやつらがどうして見つけたかは、見当がついた。しかし、ルイス少佐については?」

「ダークウェブで――」リヴェットがいいかけた。

「ありえない」ウィリアムズはいった。「そのシステムにこういう情報はなかった。ルイス少佐は、足跡をたくみに隠していた」

「そのシステムにはなかった」ブリーンは、ハミルのファイルをあらためて見ながらいった。「でも、べつのシステムにはあった。ハミルの家にあったものに――携帯電話が一台残されていたが、ハミル夫人のものだった。殺し屋はハミルの携帯電話を持っていったにちがいない。連絡相手がそれに保存されていたはずだ」

「携帯電話はハッキングがほとんど不可能だと思ってた」グレースがいった。

「メーカーは、おれたちにそう思わせようとしてる」リヴェットがいった。「おれのいとこは、しょっちゅうハッキングしてるよ」

「経験豊富な現場工作員は、そんなミスを犯さない」ブリーンがつづけていったが、言葉を切って、ウィリアムズの顔をみた。「すみません、チェイス。そんな意味では――」

「いや、きみのいうとおりだ。これはアトラスの専門のゲームではなかった」ウィリアムズは首をふった。「ルイスの責任だ」

「ルイス少佐は、ブラック・オーダーがどれほど重大か、気づいていなかったのね」グレースがいった。

「これらすべては役に立つが、情報がもっと必要だ」ブリーンはいった。「まずはフィラデルフィアだな」

ウィリアムズとほかのふたりもおなじ結論を下した。

車内はまた静かになり、ブリーンはフィラデルフィアNSAに関する情報を読みつづけ、ウィリアムズはベリーとの会話を頭のなかでくりかえしていた――ジャニュアリー・ダウのことと、マムシについての話を。

ウィリアムズは、アトラスとおなじように、国に尽くすことが大好きだった。バンに乗っていたほかの三人も、それぞれの理由からさまざまな度合いでおなじ気持ちだった。だが、ウィリアムズはベリーとはちがって、マムシに対する批判を胸に抱いてはいなかったし、偽善が好きではなかった。他人の偽善よりも、自分自身の偽善が嫌だった。

ワイアット・ミドキフとともに、辞めるべきだったかもしれない。経歴になにも瑕《か》疵《し》がない人間に引き継がせればよかった。

いずれ、そのための時間はじゅうぶんにあるだろう。

いまは、戦争を阻止しなければならない。

5

ニューヨーク州　ニューヨーク
一月十六日、午前十一時四十八分

グレイ・カービーは、きょうという日を楽しむつもりだった。地元の活動家たちが、キリストの再臨に対するような熱意で推進してきた日だった。皮肉なことに、彼らが期待しているのとは異なる理由から、その日は記憶に残ることになる。

放送起業家コンベンションでもっとも待ち望まれていた公開討論会の中心は、もっとも切望されていたオンラインと生の和気あいあいとした集まりだった。グロ《G》ーバル・ヴォイ《V》セズ・ネット《N》ワークの創立者で議長のレイチェル・リードが登場する。リード・ジェットフォーチュンの相続人のレイチェルは、新規の遠距離通信メディアで働いている少数派の特定民族やジェンダー向けのプラットフォームを築くために、二〇一五年にGVNを創業した。そのサービスが開始直後に成功して、評論家と消費者に絶賛された。この事業は巨額の損失を出したが、大義を抱くビリオネアたちには気にならないようだった。

　公開討論会が抗議運動を引き寄せ、〝アメリカの伝統的な倫理〟や〝分別ある道徳コミュニティ〟のような右派集団から攻撃されていることは、メディアにはほとんど取りあげられなかった。かたや、穏健主義は、いまや保守的な少数派なので、肩身が狭い。

　そのイベントは、マンハッタンのミッドタウンにあるガラス天井のだだっぴろいジェイコブ・ジャーヴィス・コンベンション・センターで開催される。レイチェル・リードは前夜にアトランタから空路で到着し、ロウアー・マンハッタンのワグナー・ホテルに泊まった。港近くにあるホテルは、自由の女神像――緑色なのに、レイチェルの支持者たちは白すぎると非難する――の眺望がどこよりもすばらしい。それに、そこからウェストサイド・ハイウェイを北上すれば、会場に直接行ける。

　リードがそのホテルに泊まることは、公表されていなかったが、ジャクソン・プールが、ダークウェブのStalkyourex（あんたの元妻か元夫をストーカーする）で、クレジットカードと宿泊予約の情報をやすやすとハッキングして入手した。グレイ・カービーは二日前にレンタカーでフィラデルフィアから来て、リードのホテルから数ブロックのところにあるマリオット・ホテルの部屋を予約した。そこで偽造のカナダ人のパスポートを見せた。数カ月前に国土安全保障省を辞めるまで使っていたものだった。レオポルド・クレイマーという名前は、情報に関して〝けちん坊〟だった。限定されたビザや乗客名簿に載っているが、詳しく調べようとしてもなにもわからない。国土安全保障省にはその名前を知る人間がほとんどいないので、カービーはそれを使うことができた。知っている人間がすくないほうが、正体がばれるおそれがない。

　仕事に戻るのは気分がよかった。現場に出ているだけではなく、おなじ考えかたの仲間と協力し、強力な信念のために危険を冒している。国土安全保障省の記録では、カービーは大量破壊兵器対策課の現場監督官だった。じつは、経営学の学位を得たあとでカービーは、攻撃者を抹殺して大量破壊兵器による攻撃を阻止する任務に携わっていた。処刑人《ロス・ベルドウゴス》と名乗る麻薬カルテルの通るルートと品物のことを、カービーは知っていた。プリンストン大学で修士号を得て国土安全保障省に就職する前のカービーは、第75レインジャー連隊のスナイパーだった。カービーは、指向性の爆発によって多数の弾子《だんし》を発射する爆発成形弾《EFP》の作りかたを、おなじ部隊の爆発物専門家から自主的に教わった。戦闘では、地下壕《ごう》、地下室、各個掩体《えんたい》（たこ壺《つぼ》）にいる敵を狙い撃つ前に、そういったところから追い出す必要があることを、身をもって学んでいたからだ。支援を呼んで待つのは嫌だったので、自分でやるようにしたのだ。カービーは部隊の仲間から〝ミスター・ワンストップ・ショッピング（一カ所ですべての買い物を済ませること）〟と呼ばれていた。敬意をこめた綽名だった。

　甘やかされた若者や社会正義をふりかざす連中の口から出るような言葉とはちがうと、カービーは思った。彼らは〝ナチ〟、〝ファシスト〟、〝新南部連合〟といった名称を口にする。そういった連中の多くは、そういった言葉づかいがヒトラーの突撃隊に危険なくらい似ていることに気づいていない。

　ワグナー・ホテルは、ワン・ウェスト・ストリートに近い一九一一年竣工《しゅんこう》の三十七階建てのビルだった。幹線道路の近くにあるおかげで、カービーにとっては、さまざまなことがやりやすかった。古い高層建築の屋上が、ホテルのエントランスの正面の真上にある。到着した夜に、カービーはその屋上へ行った。いたって簡単だった。デリバリーマンがひしめく夕食時に、食事を配達するふりをした。コンシェルジュは手がまわらないので、住人に連絡せずに通すのがいつものことだった。カービーは三十六階まで行き、一階分の階段を昇って、屋上に出た。毎日二十四時間、屋上に出られるようにしておかなければならないという消防署の規則によって、ドアはロックされていなかった。防犯カメラはない。建物の古びた正面を修理している作業員が、煙草を吸っているのを見られないように取り外したのだ。

ニュージャージー側からの凍《い》てつく寒風に身構えながら、カービーは屋上の西側へ向かった。ホテルはハドソン川と港に面している。フェリーや艀《はしけ》の光が点々と連なり、夜の闇を速く流れている。カービーはだれにも見られずに、ホテルの客が出ていくのを見守った。射角が気に入らなかった。道端とそこにとまっているタクシーへ行くまで、ターゲットが必殺範囲にいるのは二、三秒にすぎない。二発放つにはじゅうぶんだが、変化する要素があった。ロビーから出てくる客は、たいがい帽子をかぶっている。鍔《つば》のある帽子は視認を妨げる。カービーはターゲットについて推定しなければならないことがあるのを嫌っていた。それに、リードには三人か四人、ボディガードがついていて、周囲を固めるにちがいない。肝心な瞬間に彼女の体を覆い隠す可能性がある。ほかにも厄介な事実があった。世界貿易センターから数ブロックしか離れていないので、警察のヘリコプターがパトロールしている——夜間でも。

さらに、最後にもうひとつの難題があった。レイチェル・リードを斃《たお》すのにごく短い時間枠しかないのを予想していたので、カービーはコブラ速射スナイパーライフルを用意していた。舗装部分が多く、アスファルトの道路や、自動車爆弾に耐えるプランターがあちこちにあるので、跳弾による副次的被害は避けられないだろう。

この高い位置は使えない。

ジャーヴィス・センターには、べつの難問があった。ターゲット地域を見おろす便利な高みがないし、リードが入場するのに使える経路が複数ある。地上でリードを追跡して撃つのは難しいだろう――生き延びるつもりなら、なおさら難しい。熱心な信者が呼ばれているから、ファン、支持者、GVNのゾンビが、数千人とはいわないまでも数百人、コンベンション会場に群がって、彼女の到着を待っている。幾重もの報道陣がそれを取り囲み、あらゆる方向から見守っている。カービーが捕まって、〝レオポルド・クレイマー〟だと国土安全保障省に身許確認されたら、集団のあとの仲間の身許が割れるおそれがある。トレンチコート――コブラを隠すために――を着て姿を現わせば、警察の監視カメラに自動的に選《え》り出されるだろう。コートの下に手を入れてライフルを抜いたら、対テロ部隊の戦闘員が殺到するはずだ。その連中の叫び声と、群衆のパニックの波で、リードの警護班が行動を開始する。

生きてその場を離れるのはぜったいに無理だし、殺しが成功する確率は五〇パーセントに満たないだろう。どちらも受け入れがたい。

さいわい、老練な工作員のカービーは、こういった難題やそのほかの起こりうる問題のことを、フィラデルフィアを出る前に考慮していた。第三の選択肢がある――もっとも難しく、やりがいがあり、好きな方法でもあった――カービーはそれを選んでいた。昨夜、寝る前にジャクソン・プールに連絡した。ITの達人のプールが、その計画を最善だと思ったのは、ロウアー・マンハッタンの名高い鋼鉄の輪――相互に連結された公共と民間の監視システム――にはいり込むからだった。

それに、なにか狂いが生じても、フィラデルフィアにいるプールは安全だ、とカービーは思った。

だが、それでもかまわなかった。こういう活動には文明とおなじくらい古い歴史がある。すべての人間が戦士だというわけではないし、すべての戦士が占星術師や鍛冶《かじ》屋《や》や料理人だというわけではない。

その朝、カービーは早く起床した。スーツを着てネクタイを締め、フリースのベストを着た――ブルーと黒のリバーシブルだった。〈ノース・フレックス・コールド・グリップ〉の冬用手袋をはめて、ニューヨーク・ヤンキーズの野球帽をかぶった。ロゴの刺繍《ししゅう》がほどけていて、何カ所かで糸が垂れていた。

コブラを持ち運ぶために、トレンチコートでくるみ、近くのレクター・ストリートにある屋内駐車場にとめたレンタカーのところへ行って、コブラをトレンチコートごとトランクに入れた。ホテルに戻り、買っておいたジムバッグを持った。マリオット・ホテルのスタッフには、レンタカーとペンシルヴェニア州のプレートを見られていない。駐車場の人間には、レオポルド・クレイマーという名前を知られていない。とことん関係がないようにしていた。

カービーは、ロビーを通り抜けた。スタッフの注意は、荷物を持っている客に吸い寄せられている。カービーは表に出て、ハドソン川に向けて歩道橋を渡った。中東の太陽は部隊の全員を灼《や》き、気力をなえさせたが、ここの太陽はカービーの体を温め、活気づかせた。

ハドソン川遊歩道をワグナー・ホテルに向けてぶらぶら歩きはじめたときには、近くのウォール街のトレーダーたちが、ランチタイムの筋トレに行くためにひしめいていた。

ターゲットに近づくと、港から吹く風が潮気を含んだ海の空気を運んできた。大西洋がコニー・アイランドの向こうにある。くすんだブルーの水面を反射する陽光が白かった。ホテルの前まで行くと、カービーは通りの向かいにある公園のような緑地で立ちどまり、なんの音もたてていない携帯電話を耳に当てて、冷たいベンチに腰かけ、じっと待った。レイチェル・リードは、いつも話をする時刻の五分か十分前にホテルを出る。会場の興奮を盛りあげるために、かならず遅刻する。

カービーは、腐肉にたかるハイエナのように群がっている押し売りには目もくれなかった。エリス島と自由の女神行きのフェリーの乗船券を高く売りつけたり、無料のスタテン島行きフェリーの乗船券まで売ったりするために、その連中は手をふって車をとめている。注意をそらすのにうってつけだった。押しの強い声、真っ赤なジャージー、客からぼるタクシーの料金を安くするといい張りながら、指差し、腕をふりまわしていることが、すべて歩行者の注意を惹き、カービーはそのおかげで目立たなかった。

正午の五分前に、大男がふたり――ひとりがトランスジェンダーだということに、カービーは目を留めた――レイチェル・リードをあいだに挟んで、ホテルのロビーから出てきた。カービーの目には、聖人ぶった態度をまき散らしながら、そういうふたりを従えているように見えた。リードのシェアリングの白いロングコートと、鍔の広いフェルト帽が、晴天の陽光のなかで輝いていた。彼女の着るファッションがボディガードの年収よりも値が張るのを、カービーはなにかで読んで知っていた。高価な服を着てこういう運動をやること自体が偽善的だった。

カービーは、ひと目見たとたんに、リードを激しく憎んだ。独善的な動画を見たときよりも、いっそう憎悪がつのった。ＩＳＩＳやタリバンも憎んでいるが、それは地政学や戦術上の問題だった。これは理屈抜きの憎悪だった。カービーは、いますぐに襲いかかりたいという衝動をこらえなければならなかった。

カービーの攻撃目標《ターゲット》は、リードではなく、道路沿いにとまっている白いストレッチリムジンだった。リムジンは長時間そこに駐車していたので、カービーは予想していたことを確認できた。地元のリムジンのプレートで、車高は低くなっていない。リードは慈善家らしくふるまおうとしている。厳重な装甲をほどこしていない車を運転手付きで借りたのだ。意外ではなかった。世界中で独善的にふるまっているリードの写真に、おなじような車が写っているのを見たことがある。自家用ジェット機だけでも贅沢すぎるのだ。リードはそもそもアメリカ合衆国大統領ではない。自家用機に装甲車両で乗り付けたら、やりすぎだと見なされるだろう。

それに、こうすれば地元の人間を雇うことで、点数を稼げる。〝近所で投資する〟と、彼女はスピーチでいったことがある。

ボディガードのひとりが、リードの数歩先に進んだ。助手席側のリアドア近くに立っていた女性運転手に手をふって、移動させた。運転手が急いで後部をまわり、運転席側へ行った。

カービーは、開始暗号をストラウドにメールして〝送信〟を終えた。二本送ることになっているメールの最初の一本だった。

〇〇《ゼロゼロ》：〇〇《ゼロゼロ》

カービーは、プレーオフの試合のスター選手がベンチから駆け出すように、そこを離れた。客待ちをしているタクシーのあいだをすたすたと歩いて、通りを渡り、運転手がドアを閉めると同時にリムジンのほうへ行った。あと数歩というところまで近づき、ふたり目のボディガードの注意を惹いたとき、カービーはたてつづけにふたつのことをやった。

まず、信頼している九ミリ口径のブローニング・ハイパワー・セミオートマティック・ピストルをベストの内側から抜き、ボディガードひとりの額に一発撃ち込んだ。ボディガードが仰向けに倒れ、頭蓋骨の左右から血飛沫《しぶき》がほとばしって、サングラスが高く弧を描いた。つぎに、カービーはジムバッグを持っていた左手の人差し指をぐいと引いた。指の付け根にスピーカーコードを巻いてあった。バッグの把手《とって》の内側で、そのコードが円筒形の威力調節型攻撃手榴弾《スケイラブル・オフエンシヴ・ハンド・グレネイド》八発につないであった。ピンがつぎつぎと抜ける音が聞こえた。

カービーが予測していたとおり、ひとり目のボディガードが斃《たお》れると、もうひとりのボディガードは身をかがめて車体を楯にして、片腕をリードにまわして引き寄せ、いっしょに移動した。そのボディガードには、車体の反対側の緑地は見えなかった。

襲撃現場の周囲と遠い側では、銃声を聞いてつかのま不安のために凍り付いた直後に、パニックが起こった。ドアマンが悪態をついて、警備室に無線連絡してから、９１１に電話をかけた。タクシーの運転手たちは、恐怖にかられてとっさにダッシュボードの下に身を隠し、近くにいた歩行者が必死で逃げ出した。何人かは食料品を落としたが、携帯電話は落とさなかった。逆上して吠えている犬をひっぱっているものもいた。乗船券を押し売りしていた連中は、泡を食ったカバのようにうしろを見てから、木立があってわりあい安全なバッテリー・パークに逃げ込んだ。

その間に、カービーはリムジンに向けて進んでいた。ボウリングでもやるように身をかがめて、ジムバッグをリムジンの下に滑り込ませた——運転席側のリアシートの下に。強力な爆発物は、五秒で起爆するように設定してある。カービーが狙った場所の数センチ以内のところで、バッグがとまった。

そのときには、ボディガードがリードをリムジンに押し込んで、横に乗り込んでいた。ボディガードがショルダーホルスターから拳銃を抜き、運転手に向けてどなった。

「行け！　行け！」

運転手はそういわれるまでもなかったが、リムジンは走り出さなかった。五秒のカウントダウンの最初の一秒のあいだに、カービーが運転手の左こめかみを撃ち抜いていた。至近距離から撃たれた衝撃で、頭蓋骨の破片と脳の切れ端が混じった飛沫が、運転手の右側に飛び散った。つづいて運転手の両腕が、スワンダイブのようにそちらに吹っ飛んだ。体のあとの部分がつづいて、助手席に倒れ込んだ。シェアリングが血《ち》糊《のり》に染まったときに、リードがついに悲鳴をあげた。

カービーが予想していたとおり、ボディガードがリードの上に身を投げた。リードはどこへも逃げられなくなった。ボディガードはスモークを貼《は》ったガラス越しに、襲撃者を捜した。まだ片手にブローニングを持っていたカービーが、離れていくのが見えた。ボディガードは、リードを体でかばいつづけるか、それともエンジンをかけたままのリムジンからおりて襲撃者を追うか、迷っているようだった。

そのあいだに、残されていた四秒が過ぎた。

カービーが先頭のタクシー二台のあいだまで来たときに、すさまじい爆発がリトル・ウェスト・ストリートを揺さぶった。カービーは二台目のタクシーの蔭《かげ》に跳び込み、へこんだフェンダーの横から眺めた。轟音《ごうおん》、煙、炎が四方にひろがっていた。ホテルの正面とタクシーの爆発に近い側のウィンドウにひびがはいった。ぞっとするようなカチン、ガタンという音とともに、車やロビーを爆発の破片が襲った。栗鼠《りす》数匹、鳩《はと》数羽が、舗装面に落ちてきた。

爆発は、もうひとつの決定的な結果を引き起こした。激しい爆発によってリムジンの運転席側が六〇センチ以上、路面から持ちあがった。車体が横倒しになるほどではなかったが、右側のタイヤを支点にして車体が持ちあがり、スタントカーのように斜めになってから、左側が路面に戻ってきて弾み、金属がギシギシと鳴った。激しい着地のせいで、うしろのタイヤがパンクした。衝撃でウィンドウすべてにひびがはいり、ギザギザのガラス片がアスファルトの路面に落ちてくだけ、リアシートのふたりが衝突試験の人形のように上下に揺さぶられた。

リムジンが路面で落ち着くと同時に、カービーはそこへ駆け寄った。周囲のパニックは意に介さず、近づきながら車内を覗いた。リアシートのふたりは、血まみれだったが生きていた。リムジンのフロアには爆発でギザギザの穴があいていた。リードの脚の肉が引き裂かれ、骨が異様な角度に曲がって、見分けのつかない塊《かたまり》となっているのが、割れたウィンドウ越しに見えた。ボディガードは、車に轢《ひ》かれた大きな犬のように、もがいて起きあがろうとしていた。左腕がズタズタになっていたが、それにも気づかず、左腕で突っ張って上半身を起こそうとしていた。

カービーは、仲間の兵士がそういうことをやるのを見たことがあった。怒りが湧《わ》き起こり、それを放出しなければならなかった。

カービーは、ボディガードの左目を撃ち、つづいて右目を撃った。そうしておけば、死者はぜったいに天国を見つけられないと信じているアフガニスタン人がいた。ボディガードはリードの膝の上に倒れた。リードは銃声を聞いて顔をしかめたが、ぼうっとしていて、よく理解できないようだった——そのまま心臓に一発撃ち込まれたことにも気づかずに死んだ。

うしろからあらたな物音が聞こえた。なんの音かわかっていたので、まちがいなく死ぬように、さらに二発をリードに撃ち込むまで、カービーはふりむかなかった。タクシー数台の音だった。シャシーが壊れ、ウィンドウが割れていて、タイヤが何本かパンクしていたが、それでも遠ざかろうとしているのだ。車輪のリムだけでタクシーが北に走っていくときには、カービーはすでに拳銃をベストにしまい、リトル・ウェスト・ストリートを渡って、ウェスト・ストリートに達していた。そこではなにがあったか気づいた運転手たちが、車の速度を落としたり、とめたりしていた。緑地を乗り越えて、世界貿易センターを目指している車もあった。

逃走しているあいだに、カービーはかなり多数のサイレンの音を聞いた。すべて北と東から、ホテルのほうへ殺到していた。ステート・ストリートが持ち場の警官たちも、ホテルのほうへ走ってくるだろう。カービーは国土安全保障省にいたころに、ニューヨーク市警テロ対策課がここで頻繁に訓練を行なっていることを知った。一分以内に姿を消さなければならないこともわかっていた。ホテルの西にあるユダヤ人遺産博物館には、市警の機動部隊が常駐している。そこの警官たちも、約一分後には徒歩で到着するはずだった。銃撃があったので、用心深く近づいてくるにちがいない。それですこしは時間が稼げる。

三十秒とたたないうちに、カービーはリバティー・プレース沿いを走り、パニックを起こしているランチタイムの歩行者の群れにまぎれ込んでいた。さきほどカービーの姿が見える場所にいた人間は、ここにはいないはずだった。怯えている歩行者のひとりだと思われて、だれにも見とがめられないとわかると、歩きながらベストを裏返しにして、鮮やかなブルーに変えた。帽子からヤンキーズのロゴをむしり取り、ポケットにつっこんで、帽子をうしろ向きにしてから、レクター・ストリートの地下鉄駅を——どこでもいいから遠ざかりたいと思っている数十人といっしょに——目指した。

一分が経過する前に、警察がホテルを取り囲んだ。優秀な対応だとカービーは思ったが、彼を捕らえるのには間に合わなかった。カービーとそのほかの数十人は、すでに回転式改札口を通って、ホームに向かっていた。

事件を予期していたというようなひとりよがりの声が、カービーの周囲を漂っていた。

「9・11のときに、おれはここにいたんだ……ホットドッグを食べてたら……またテロ攻撃があるってわかってた……何度もあるって……」

だれか怪我をしたかときくものはいなかった。ナルシシストで満杯のホームで殺人をやる計画を練っておけばよかったと、カービーは思った。

北行きの地下鉄はまだ走っていたので、第一系統の電車が到着すると、カービーは周囲の乗客とともに乗り込んだ。車内のおしゃべりは小声で、怯え、わけがわからないという感じだった。低い泣き声も聞こえた。だれもが話をしていて、南のフェリーからきた乗客だけが耳を澄まし、おりないほうがいいだろうかときいていた。

カービーは、身を隠そうとはしなかった。プールが仕事をきちんとやっていれば、ボウリング・グリーン、ハドソン川、スタテン島フェリーのマンハッタン・ターミナルのあいだの防犯カメラは、どれも機能していないはずだった。

一分とたたないうちに、地下鉄はコートランド・ストリートに到着した。その車両では、おりた乗客はカービーだけだった。カービーは階段を昇って、ブロードウェイのセンチュリー21の正面に出た。南に折れて、駐車場に三ブロック北から近づいた。犯罪現場のほうへ向かっているブルーのベストの男を、警察が捜すはずはない。

グレイ・カービーは、歩きながらバートン・ストラウドに第二の言葉をメールで送った。つぎの任務のための位置につくことを知らせるためだった。求められれば任務をやる。

得点！

6

ペンシルヴェニア州　フィラデルフィア
一月十六日、午前十二時七分

ベリーがバンに三度目の電話をかけてきたとき、聳《そび》え立つフィラデルフィアの高層ビル群が見えていた。

一時間前の二度目の電話では、あらたな道がひらけるような追加の情報はなかった。ハミル大佐がどのハンティングクラブや銃器愛好会にも属していないことを、ベリーは報告した。

「ほとんどの集団が、銃器規制に反対で、右寄りの活動に賛成だから、退役海軍将校の好みには合わないんだろう」ベリーが意見をいった。

「よくわかりますよ」ウィリアムズは答えた。「海軍に属していたら、それ以外のクラブは二流に思える」

「そこで、唯一の例外を思い出した——ペンシルヴェニア・ヴェニゾンの慈善活動だ。ハミル大佐が受けたインタビューを見つけた。おもにどこでハンティングをやっているかを話している。スプラウル州立森林公園と、アレゲニー国立森林公園だ。それぞれ四七六エーカーと八〇二エーカー」

「それでもずいぶん広い範囲です」ブリーンがいった。

「まあ、何年ものあいだにハミルがそのうちどれだけ踏破したかわからない。さらに重要なのは、ルイス少佐のために働いていたときに、どこへ行ったかということだ。麻薬取締局《DEA》に話を聞いて、その地域でカルテルが使っているとおぼしいルートを教えてもらった。あいにく役に立たない。やつらは軽飛行機で夜やってきて、隠れるのにアパラチア高原の林や地形を利用している」

「飛行計画書は提出しているでしょう」ブリーンはいった。

「もちろん。やつらはDEAがそれを知る前に離陸し、着陸したら取り消す。単純なローテク作戦で、びっくりするようなことができる」

「おれたちだって、そんなこと知ってるし」リヴェットがつぶやいた。

ベリーの話が終わると、ブリーンはいった。「タイキニスの話の裏付けにはならないし、たいした手がかりではないな」

「その地域の衛星監視はどうなんですか?」グレースがきいた。「ひとが住んでる気配があるにちがいない」

「ほとんどがハンティングシーズンに貸す小屋で、それ以外のときはだれもいない」ベリーはいった。「書類を調べているが、三百軒を超えるし、その時期には千五百人ほどが借りる」

「税金の記録は?」ブリーンがきいた。

「名前はわかっているが、ＯＮＩにハッキングできる人間なら、内国歳入庁《IRS》のファイルを消去できるはずだ」

おおむね静かに一時間が過ぎたあとで、ベリーから三度目の電話がかかってきた。四人はファイルを読み直していた――リヴェットの場合は、音楽を聴き、銃をクリーニングしながら。リヴェットの射撃の腕をウィリアムズが頼りにしているのとおなじように、リヴェットは知る必要があることだけをブリーンから教わるようにしていた。

ウィリアムズが携帯電話を親指で操作したときには、ベリーはすでにかなり興奮していた。

「二機目がツインタワーに激突したあとで感じたことを憶えているだろう?」ベリーはいった。「われわれはほんとうに攻撃されているのだという、むかつく認識を?」

四人全員がたちまち警戒を強めた。ブリーンが、ニュース受信に切り換えた。

「戦争」ウィリアムズはいった。

「どういうことなのかわからないが、明らかにはじまっている」

「くそ」ニューヨークからの画像を見ながら、ブリーンはいった。

ブリーンは、現場の画像が表示されているタブレットを差しあげた。後部にいたふたりが、首をのばして見た。

「被害者はジェット産業の相続人のレイチェル・リードだ」ベリーはいった。「ロウアー・マンハッタンでただ撃ち殺されたのではない。爆発でやられてから何度か撃たれた。運転手とボディガードふたりも撃たれた」

「どういう爆発だ?」ウィリアムズはきいた。

「ホテルの前にとまっていたリムジンが、数秒に設定された信管付きの爆発物がはいったバッグのようなものを投げつけられた。それがミズ・リードのシートの真下で爆発した」

「犯人は?」

「犯人はひとりだ――不完全な報告によれば」

「ひとりで爆発を起こし、四人を撃ったのか?」

「そうだ。そして、逃げおおせた」

「そんなことが可能なのか?」ウィリアムズはきいた。「交通量が多い地域で、地下鉄の駅は数ブロック離れている。観艦式のときに行ったことがある――」

「目撃者のことか? 殺人者は抜け目なくそこを選んだ。みんなどこを見ていると思う? ビルや公園ではない。自由の女神か携帯電話を見ている。それに、銃撃がはじまったら、見ていた人間はしゃがむか、隠れるか、逃げる。ホテルの前にいたタクシーの運転手は、しゃがんでから逃げた。犬の散歩係が、直後に携帯電話で動画を撮影したが、一匹が逃げるタクシーに轢かれて、携帯電話が落ち、粉々に砕けた。動画を撮ろうとして、ウェスト・ストリートの車の流れにはいっていった観光客がひとりいたが、Uターンしようとした車が接触した。彼女の携帯電話には、空しか写っていなかった」

「ホテルの警備員たちは?」ブリーンがきいた。

「無事だった」

「どういうことだ?」

「銃を持った人間が発砲したときに、自動的にロックダウンするシステムのおかげで、エレベーターに閉じ込められた」

「それで、われわれはいったいどんな情報をつかんでいるんですか？」タブレットに打ち込みながら、ブリーンがきいた。読んでいるのではなく、検索していた。

「つかんでいるのは——数えさせてくれ——五人が、殺し屋はビジネスマンのように見えたといっている。ひとりはコンシェルジュで、地元の人間だと推定している。襲撃の前に、その男はウェスト・ストリートで携帯電話を使っていたようだ。なにかを持っていたという点で、五人は意見が一致しているが、それがバックパックだったのか、ショッピングバッグだったのか、あるいはジムバッグだったのか、ということでは意見が分かれている。レジ袋が禁止されたせいで、〝不審なものを見かけたら声をかけましょう〟という指示が、混乱しているんだ。だれもが、食料品を入れるために、空の大きなバッグを持っている」

「どういうものにせよ、〈ウォルマート〉か〈ホール・フッズ〉にあるようなものでしょう」ブリーンはいった。「ありふれたものだから、店の防犯カメラの画像を調べても、何カ月もかかる」

「そして、それに爆発物がはいっていた。タイキニスが供給したものだと、すでにわかっている」

「またしても袋小路だ。それも前よりも早くぶち当たった」ベリーはいった。「困ったことだが、今回はもっとひどい。襲撃者はただ逃げただけではなく、〝影も形もなく〟逃げた――ハミル大佐とルイス少佐の場合とおなじように、監視カメラが使えなくなっていた。いや、もっと正確にいえば、緻密《ちみつ》に遮断されていた。鋼鉄の輪の一部は、公開されているワールドカムだ。その二カ所、港からバッテリー公園にかけてと、ハドソン川から緑地にかけて。三カ所目は、ブロードウェイを見おろすヒーローたちの峡谷の足もと。三カ所の監視網が同時に機能しなくなった。現場と逃走経路とおぼしい場所だ」

ブリーンが、タイプするのをやめた。「ニューヨーク市警《NYPD》では、だれも気づかなかったんですか？」

「もっともな疑問だ、少佐。しかし、九十秒間にできることはたいしてない。監視遮断は、襲撃の約三十秒前からその一分後までつづいた」

重苦しい沈黙が流れた。グレースがそれを破った。

「つまり、ただのハンターじゃない。軍のやりかたよ」

「だが、何者だ？」リヴェットがきいた。

「法科学捜査などはどうなっていますか？」ブリーンが質問した。

「ニューヨーク市警《NYPD》とFBI現地支局が、手榴弾の破片、ジムバッグの布地、弾丸を回収している――しかし、それでわかることは、みんなが知っているとおりだ」

「爆発物は個人の車でニューヨークまで運ばなければならなかったはずだ」ブリーンがいった。

「どうして車だってわかるんですか？」リヴェットがきいた。「LAじゃ、船を使った」

「ワグナー・ホテルは、世界金融センターのマリーナから数ブロックしか離れていない」ブリーンがいった。「そこのウェブサイトによれば、二十四時間前から、だれもそこに係留した記録がない。おなじ時間内に、東側もしくは西側のヘリパッドに着陸した自家用ヘリもない。列車では、信管が激しい振動にさらされる。だから、車でマンハッタンへ行くしかない」

「ちょっと待ってくれ、少佐」ベリーがいった。「一日のあいだにマンハッタンに来る車が何台あるか、知っているのか？」

「二十九万台」タブレットを読みながら、ブリーンがいった。「そのうちの一台が、犯人の車だった。だから、たいがいの大都市にはスマートタグ・システムがあって、街にはいる人間すべてを見て、データベースと照合し、必要とあれば追跡する」

「ところが」ベリーが遮った。「ニューヨークは法律によって、車が〝犯罪と無関係〟だとされたときには、ただちにスマートタグのデータを消去するよう求められている。国民の自由を護ることに大きな関心を抱いている連中が警察にいる。警察に雇われている連中だ」

　ブリーンは、二〇二〇年にニューヨーク市と市交通局の監視技術監督プロジェクトが、法的な難題にさらされたことを思い出した。性犯罪者やテロリスト容疑者がいるとわかった車両に交通警察官を誘導するために、地下鉄のプラットフォームに設置する顔認識テクノロジーだった。法廷はそれを権利を侵害するスパイの道具だと見なし、取り外すよう命じた。

「わかりました」ブリーンはいった。「ダウンタウンの駐車場のカメラが切られる前の監視画像を調べるよう指示してください。当局はまだ点と点をつなげていないかもしれない。ハミル大佐は、ペンシルヴェニアにいるだれかを調べていた。ペンシルヴェニアのプレートだけに集中すれば、当たりがでるかもしれません」

「提案してみるが、ニューヨーク市警《NYPD》、ニューヨーク港湾局、州警の縄張り争いを引き起こすにちがいない。9・11後ですらそうだった。問題が解決される前に、犯人は姿を消しているだろう」

　子供のころに好きだったコミックブック《ポゴ》の一節が、ウィリアムズの頭に浮かんだ。〝おれたちは敵に会ったが、そいつはおれたちだった〟。

「ちょっと待て」ベリーがいった。「ニューヨーク市警《NYPD》から報せがはいった。読みあげる――テロ対策部長のオフィスより、〝警報、非公開のこと等々……ウェスト・ストリートのマリオット・ホテルのコンシェルジュとフロント係が、襲撃者と全体的な特徴が一致する宿泊客を見た。ビジネスマンの服装、チャコールグレイかダークブルーのベスト、ジムバッグを持っていて、ヤンキーズの野球帽をかぶっていた。その男は、ホテルを出て、南へ歩いていった。名前はレオポルド・クレイマー、カナダ人。ホテルには戻っていない。トラベラーズチェックで支払った。テロ対策課の捜査員が、いま男の泊まった部屋を調べている」

「そいつを発見することは、期待できないでしょうね」ブリーンがいった。「そのレオポルド・クレイマーという男が姿を見られたのは、見られるのを望んでいたからでしょう。人的資源を亡霊のために無駄遣いしていますよ」

「このレオポルド・クレイマーに、捜査の方向を狂わせる狙いがあったとすると」ウィリアムズはいった。「問題はグレースが示唆《しさ》したことに戻る」

「つまり、フィラデルフィアNSAがふたたびかかわってくる」ブリーンが同意した。

「合法的にそこへはいれると思いますか？」

「十中八九、だいじょうぶだろう。名前と軍服がものをいう。ONIに逆らうのは、提督を侮辱するほど危うくはない。退役したことがわからなければだが」

「朗報といえるのかどうか、ブラック・オーダーがサムター要塞《ようさい》（サウスカロライナ州チャールストンにあった海上要塞。南軍がここを砲撃したことが南北戦争の端緒になった）を攻撃したいま、最後通牒《つうちょう》があるだろうと予想している」ベリーがいった。「大統領は、彼らを説得することを願っている」

「やつらはそういうやりかたはしないでしょう」ブリーンがいった。「脅威が段階的に拡大する可能性が高い」

「どうちがうんだ？」ベリーがきいた。

「最後通牒というのは限度を示すものです。十億ドル出すか、それとも、というように単純で、はっきりしていて、イエスかノーを求めます。段階的拡大は、際限がないし、この連中には身代金などではなく、もっと大きな目標があるようです。やつらがハミル夫人にいった言葉は、彼女が正確に報告したのだとすると、〝自分たちに対抗して活動するものは死ぬ〟というものでした。それはひとつの手順を示しています。自分たちが気に入らない物事は、なんであろうと暴力に遭う、と。期限は切られていない」

「よくない兆候だな」ベリーはいった。

「だから戦争だと、やつらはいっているんだ」リヴェットが、意見を口にした。

「そのとおりだとすると、大統領になにがやれるかわからない」ベリーはいった。

「こいつらは十数時間前に、戦争が起きるとわれわれに告げた。そして、ONIは対応する備えができていなかった。厄介なのは、それでもONIがこれを処理するのに最適の位置にいることだ――ブラック・ワスプはべつとして」

「わたしたちに、なにを望んでいるんですか？」

「いまは、なんでも必要とされる手段を用いて、どんな情報でもいいから手に入れなければならない。ハミル夫人を拉致《らち》するわけにはいかない――だが、それが役立つなら、やってくれ。これを阻止しなければならない。汚れ物はあとで片づければいい」

ブラック・ワスプにとってはオーヴァル・オフィスに関与を否定され、全責任を負うことになるという意味だと、ウィリアムズとブリーンは承知していた。それが仕事をやる代償だった。

「ハミルトンがいまいった意見を、大統領に話してみる」ベリーはいった。「おたがいに、なにかつかんだらまた話をしよう」

ウィリアムズがバンを出口22のランプに進めたときに、電話が切れた。

ブリーンは、体制の部門同士が破壊工作をくりひろげていることを思い、無言で座っていた。ブリーンが法廷を好きなのは、それとはちがうからだった。判例と判事のみによる支配には、感情が差し挟まれない指針が存在している。

「少佐、憶測が嫌いなのは知ってますが、このすべてのターゲットはだれなんですか？」リヴェットがきいた。

「わたしもおなじことを考えてた」グレースがいった。「なにが相手の戦争なの？富裕層？」

ブリーンは首をふった。「すぐ近くにあるウォール街を攻撃したほうが、そういう声明を効果的に打ち出せたはずだ」

「それじゃ、レイチェル・リードは――女性の権限の象徴？」

「的に近い、中尉」ブリーンはいった。「これはメディアへの攻撃ではない。彼女に向けた虐殺だった。イデオロギーへの襲撃。この場合は社会改革だ」

「そのとおりだとすると」ウィリアムズはいった。「国民が理屈をこねるだけではあき足らず、あからさまな革命に転じたとすると、ブラック・オーダーが指摘しているとおりだ。これは戦争になる――双方で兵士多数が武器をとる第二の南北戦争《シヴィル・ウォー》に」

「そんなおおぜいの人間が正気をなくすはずがない」リヴェットがいった。「ギャングだってもっと頭がいい」

「これは十年以上も前からくすぶっていたんだ」ブリーンはいった。「動機がどういうものでも、国民の大多数が大切にしている像や象徴が壊されたら、だれだって対決に踏み切るだろう」

「殺人者を〝影も形もなく〟ってベリーはいった」グレースがいった。「つぎの襲撃を予測しようがない」

「とにかくフィラデルフィアから予測しよう。悪いやつらみたいなハイテクは持ってないけど」リヴェットがつけくわえた。

「ＯＮＩにない情報ツールを使って、ブラック・オーダーの機先を制するしかない」バンを独立記念館に向けて走らせながら、ウィリアムズはいった。

「どんな？」リヴェットがしつこくきいた。

「電子情報には、つねに人間情報で対抗する」ウィリアムズは答えた。「どんなウェブよりも偉大な接続された情報源だ」

7

ペンシルヴェニア州　フィラデルフィア
一月十六日、午前十二時四十四分

バートン・ストラウドは油断のない目で、大きなマホガニーのデスクに置いてあるコンピューターのモニター三台を交互に見ていた。胸躍るすばらしい出来事が、目の前でくりひろげられていた。自分の創作が発想からキーボードへ、そして開演の夜へと進むのを見ている劇作家のように、ストラウドは批評を待っていた――とはいえ、どういう批評になるかは、知っていた。

ストラウドには偉大なキャストと世界一流の舞台があった。

それに、テクノロジー要員もいる。それを忘れてはならない。

　もちろん、初演の夜に至るあいだ、自分にひとつの利点があることを、ストラウドは承知していた。官僚機構のように動きが鈍くはなく、小規模で敏捷《びんしょう》だ。ハミル大佐への対処は、効率的な諜報活動によってなにが達成できるかを示した。いま眼前で行なわれているような人数が多すぎる不器用なやりかたとはまったくちがって、現実の戦いに即している。ジャクソン・プールが森の上空で常時ドローンを飛ばして顔認識を行なっていなかったら、ハミルのことはわからなかったにちがいない。ハミルを識別し、電話連絡を傍受し、ONIが対抗策を行なっていることを掘り起こした。あとはハミルの携帯電話を手に入れて、連絡相手の名前を突きとめればいいだけだった。

　やがてブラック・オーダーは、ペンシルヴェニア西部に敵性の集団がいることをONIに教えることができた唯一の人間、タイキニスを探り当てた。自分たちでやる必要はなかった。タイキニスと取引すると、自分たちの商売を暴かれるおそれがあると、カルテルに知らせるだけでよかった。

　そしてある日、カルテルもあらたな戦争の標的になると、ストラウドは思った。麻薬を葬り去らないと、アメリカを修復し、復活させることはできない。無料の清潔な皮下注射器を配ることで、都市はそういう力を取り戻すだろう。科学や教育に支出されるべき金が、とてつもない中毒のためにカルテルの手に渡っている。世界は正気を失っている。

だが、それはつぎの時期の話だ。自分の国を攻撃するには、迅速で、準備周到で、腐敗した価値観を心に抱いている連中を吹っ飛ばすだけではなく、自分のものよりもずっと強力な電子システムを監視し、必要とあれば取り除く覚悟がなければならない。ダークウェブにあるONIのシャドーが暴かれたのは残念だった。サルノが深夜に襲撃を行なう直前に、プールが――キーボードをちょっと叩いて――ONIと関係があるダークウェブの活動からブラック・オーダーを切り離した。捜査員が袋小路を捜して貴重な時間を無駄にするように仕向けるための足跡だけを残し、電子の橋を焼いて遮断した。最高のIT専門家でも、暗号やそれが収められていた専用のクラウドとともに爆破された道をたどることはできない。

ダークウェブに残っているのは、地域の監視と通信システムへのハッキングだけで、それはべつの作業とは隔離されている。ストラウド・セーフ・アット・ホームの地下にある高度な電子施設で作業しているジャクソン・プールが、それらのハッキングの起動と停止が精確な時間割でなされるように工夫し、殺し屋はそれに従って行動した。

ストラウドにはONIの情報が見えないが、敵もそれはおなじだった。それでかまわない。シャドーは役割を果たした。必要なシステムにアクセスすることができた。

進められた作戦計画には、ターゲットを絞った攻撃と、周到な監視という要素があった。それが、ブラック・オーダー創設に先立つストラウドの二大基本方針だった。レインジャー部隊に参加する前ですら、そうだった。ペンシルヴェニア州で生まれ育ったストラウドが九歳のときに、あっというまに広がった夜間の山火事が、彼の家も含めたブロック全体を焼き尽くした。

消防署は、火事がひろがらないようにすることを優先して資源を投入した。そのせいで、ストラウドがもっともたいせつにしていたものが失われることになった。ストラウドは身ひとつで家から逃げ出したが、母親は重要な書類を取りに戻った――父親が仕事のために必要なパスポート、出生証明書、写真のアルバム二冊。母親は体にホースの水をかけ、息子に笑みを向けて不安を押し隠し、急いで家のなかに戻った。書類のためにひとりの命が失われた。すべてノーマ・ストラウドとともに燃え尽きた。

バートン・ストラウド・シニアはジャーナリストで、一九八〇年の大統領選挙取材のために、地方をまわっていた。そのとき、彼はセントルイスにいた。勤務する新聞《アトランタ・タイムズ》が、帰宅のために飛行機をチャーターした。大人がそのいきさつをささやき、父親の行動について〝急遽《きゅうきょ》帰宅した〟という言葉が使われるたびに、バートン・ストラウドはつらい思いを味わった。顔と腕の第二度熱傷を手当てされるあいだ、緊急処理室に独りで七時間座っていたことを、ストラウドは憶えている。

　肉親を亡くしたことと恐怖だけが残るばかりで、バートン・ジュニアにとって、問題はそこで終わっていたかもしれないが、正式な調査で判明したことがあった。リヴァーサイド郡消防署と社会福祉課の合同捜査によって、火事の原因は不法移民が山の斜面で野営して、煙草を吸ったためだと判明した。バートン・ジュニアは、スモーキー・ベアとその警告（山火事の危険性を警告し、それを防止するために林野局が使用したマスコット・キャラクター）のことを知っていた。深刻な事態が漫画の動物の顔で表現されるのは馬鹿《ばか》げているように思えた。山火事を引き起こした三人は国外に追放されただけだったが、大型の熊に爪《つめ》で引き裂かれるべきだと思った。

　メキシコ人三人は、家に帰った。ストラウド父子は家を失った。その状況と解決策は、まったくもって理不尽だった。

　バートン・ストラウド・シニアは、編集人に出世し、ふたりは北のグラナダ・ヒルズに引っ越した。そこでストラウドは引きこもっては荒れるという両極端の暮らしを送った。精神療法を受けても母親が生き返るわけではないし、法律は彼を裏切っただけではなく、国もだめにしている。兵役年齢に達するとすぐに、ストラウドは軍隊にはいった。アメリカの市民と法律をないがしろにするやからからアメリカを護ることしか頭になかった。その旅程と同時に、消え失せるのを拒んでいた攻撃性のはけ口を追い求めた。

母親を亡くしてから四十年以上、そのふたつの目標はストラウドの心のなかでいっそう激しく燃えあがった。十八歳以降、ストラウドがやってきたことはすべて――レインジャーとしての軍歴、ドレクセル大学でのコンピューターの勉強、ストラウド・セーフ・アット・ホームの創業、そして最後に、二年前にブラック・オーダーを設立したこと――は、この日、このはじまりを目指していた。

この戦争を。

ストラウドは、ジャーマンタウンの自宅で、テクノロジーセンターに改造した寝室に座っていた。ハードウェアのなかには、強力な一二〇〇ワットのデスクトップジャマーがあった。一三〇〇メガヘルツから二七〇〇メガヘルツまでの周波数すべてに作用するので、家の外となかにいる人間はだれも、この寝室でなにが行なわれているかを聞くことができない。

特定のターゲットとしてストラウドを狙っているわけではない無数の行き当たりば

ったりの身許泥棒も含めた盗聴者を恐れる必要がないので、ストラウドはあらたなプラットフォームを使用していた。ネットワークサービスと情報暴露を抑えるために、プールがライナックスの縮小版のクローンを創っていた。それに、ダークウェブのセットアップとも無関係なようにしてある。まもなくストラウドがチームの面々とビデオ会議をやるときには、フットプリントはガラスのような特性になる。薄く、透明で、捜そうとしないかぎり見つけることはできない。見つけたとしても、それを割るのは難しい。

ウェブに残されるフットプリントを偽造したり消去したりするのは、ブラック・オーダーの作戦要領のひとつの手順にすぎない。ストラウドは、古代ギリシャ戦争の五つの戦術に基づいて組織を築いた。前進、後退、居座り、予測、改善。あらゆる状況が、これらの行動のいずれかを必要とする。

それに、ストラウドはまったくおなじ信念を共有している仲間に囲まれていた。

「われわれを抑圧するやつらを進んで支援している人間は、罪がないとはいえない」最初の全体会議で、ストラウドはいった。「反アメリカ主義の支援には、だれにも払えないような代償を伴うようにしなければならない」

反対意見や苦情は出なかった。ひとりだけは例外だが、ブラック・オーダーのメンバーはすべて、恐怖を麻痺《まひ》させ、キリスト教徒の道徳を超越する狂信を抱いていたし、確実な結果をものにするには極度のショックと畏怖《いふ》が必要だというのを理解していた。

国を造り直す革命を起こすのに、ストラウドには、全員が未婚の兵士七人から成るチームがある。彼らの銃を奪い、憲法を汚し、国を分断しようとする卑怯者《ひきょう》を厳然と永久に阻止しなければならない。その目標を達成するために、自分たちの行動が暴力的で、ことによるとおぞましいものにならざるをえないことを、ブラック・オーダーのメンバーは全員、遺憾《いかん》ながら認識していたが、反論はなかった。はじめて全員が集まったとき、ためらいを口にしたのは、ジャクソン・プールだけだった。

「戦争をやるには人数が足りない」そのときに、プールはいった。「どうやって勝つんだ？」

用心深い意見だったが、恐れていたのではなかった。もしそうなら、ストラウドはプールを始末していただろう。

だれも口を挟まなかった――ずけずけとものをいうグレイ・カービーもまだ黙っていた。だれもがストラウドに反応するチャンスをあたえたのだ。

「われわれは数が多いことによって勝つのではなく、敵に知られていないことによって勝つ」ストラウドはいった。「左翼が意見をいうたびに、われわれは支援者を勝ち取る。ハリウッドが特権的なことを口にするときに、さらに支援者が増える。そこの俳優たちは、感情を頼りにしてストーリーを語っている。現実の人間が現実の世界で生き延びるやりかたとはちがう。やつらが子供じみた感情表現でわれわれを攻撃するとき、われわれの勢力は増大する」

「おれたちは、最初から大人数である必要はない」いつものように熱情をこめて、グレイ・カービーがそこで口をひらいた。「レキシントンとコンコードで英兵を攻撃したのは、ごく少数の植民地人だった――そうとも、彼らが同国人を襲い、それがアメリカ革命の発端になった。一九一四年に、暗殺者ひとりがオーストリア＝ハンガリー帝国の継承者フェルディナントに銃弾一発を撃ち込んだことが、第一次世界大戦を引き起こした。一九五八年、フィデル・カストロとひと握りの支持者たちは、キューバの山中に潜んでいた。一年後、カストロはキューバを牛耳《ぎゅうじ》っていた。こういうひとびとがやったのとおなじことを、われわれは達成するのだ」

「すべて事実だが、それよりもずっと簡潔だ」ストラウドがいった。「われわれにはソーシャルメディアがある」

「そう、メディアは役に立つだろう」カービーがいった。「しかし、ショックにつぐショックを供給しなければならない。一九二〇年代、デトロイトのパープル・ギャングは、老練な密売人やゆすりの常習犯も恐れをなすほどの存在だった。そいつらのツールはしごく単純だった。情け容赦ない暴力だ。マフィアですらそいつらを怖がっていた。おれたちの行動は貪欲《どんよく》ではなく愛国主義が原動力で、マルクス主義者が身を隠し、英雄が姿を現わすようにする。伝統を重んじるアメリカ人がもっと増えるようにする」

「ありがとう、グレイ」ストラウドはいった。

メディアに自分たちの主張を伝える必要がないことは、ふたりがメンバーに念を押すまでもなかった。すでにひろまっている。ストラウドは、殺到する情報の洪水に気をとられていたので、クリストファー・サルノがはいってきたのに気づかず、びっくりした。サルノは気分爽快《そうかい》で元気なように見えた。

「すごいな」サルノが、ストラウドの肩越しにモニターを見ながらいった。「カービーがやったのか？」

「そうだ。プールも働いた。ニューヨークの作戦は完全な成功だった」

「おめでとう、チーフ」

「われわれ全員にとってめでたい。あんたは現場に出た最初の兵士だった。そのことも祝したい」

「ありがとう、バートン」サルノはなおもモニターを見ていた。「四人死亡。ターゲットと、ほかには？」

「われわれが容認したとおり、リードの連れと、予想していたとおり運転手もだ。車の流れのほうへ逃げた人間を除けば、重傷者はいない」

「われを通りて汝《なんじ》らは嘆きの街へはいる」サルノがダンテの『地獄篇』の一節を唱えた。

「これから、何度もあるだろう」ストラウドがいった。ふりむいて、サルノを見つめた。用心深い目で探るように顔を眺めた。「調子はどうだ？」

「おれか？　元気だ。ゆっくり眠った」

「肉体的なことじゃない」ストラウドはモニターを手で示した。「人間を吹っ飛ばしたり、撃ったりするのは、近づいて喉を掻《か》き切るのとはちがう。悪影響はないか？」

「感情面で？　なにもない。こういう状況には慣れてる。わかるだろう」

「だからきいてるんだ」ストラウドはいった。「あんたは任務のために体と心を鍛えてるが、眠る前には脳があまりいうことを聞かないものだ」

「ぐっすり眠った。その前に酒を飲んだ。あの男は鹿撃ちだけやってればよかったんだ」

ストラウドは、それでいいというように笑みを浮かべた。「念のためにきいただけだ」

「男同士の話か？　あんたは仕事を離れたらおれのボスじゃない」

棘《とげ》のある口調だったので、だれの家に住んで、だれの食料を食べているのかといいそうになるのを、ストラウドはこらえた。殺しを楽しむために大義名分もあたえたのだ。サルノは、長年現場に出て、警戒怠りなく、獣の巣のようなところで暮らしてきたせいで、ネアンデルタール人のようなところがある。精神分析は非難ではなく事後報告の際の基本的な手順だということを、理解していない。慎重に進める必要があると、ストラウドは思った。

「友愛から気遣ったんだ」ストラウドは冷静にいった。「確認しただけだ」

「なにも変わってないし、これからも変わらない。勝つまでおれはやる」

ストラウドは、感心したというように笑みを浮かべて、それ以上なにもいわなかった。元ＣＩＡ工作員のサルノは、とにかく最優先事項を承知している。いま重要なのは自分たちの戦争なのだ。

サルノが椅子を引き寄せて座った。すべて音をたてずにやった。上の階にあるアパートメントや屋根裏部屋など、仕事をやった場所で身につけた習慣だった。だれかが家にはいり込んでいるとわかったら、相手は話をしたがらないだろう。あるいは、殺意があった場合には、どこを撃てばいいのか悟るだろう。

サルノは、ストラウドのスマートフォンで流れているニュースを指差した。「メディアではどんなことをいってるんだ？」

「衝撃、恐怖、弔意《ちょうい》……だれがこれをやったかについての情報は、きわめてすくない。官憲がなにかつかんだとしても、情報を明らかにしていない」

「記者会見には早すぎるんだろう」

「記者会見は六時にあるだろう」

「賭《か》けるか？」サルノは笑った。

「いまのところ、地元と国の法執行機関や政治家の上っ面だけの発言と、聖人にまつりあげられたレイチェル・リードについての関係者の声明だけだ」ストラウドはいった。「ゲール人の哀歌みたいなパフォーマンスアートもどきの服喪と決まり文句――〝背すじが寒くなる〟、〝正義の鉄槌《てっつい》〟、〝犠牲者に祈りを〟ばかりだ」

「大統領か次期大統領は発言したのか？」

「ライトは声明を発表した――〝言葉をきわめて非難する〟。大口を叩いただけだ。それに、ミドキフは八時に国民に向けて演説する」

「ほとんどなにもわかっていないのが見え見えだな」サルノがいった。

「巡りくる季節のごとく予想がつく。やつらのやることは、つねに後追いだ。大統領は、国内の情報機関や外国の情報機関と話し合う時間がほしいのさ」

サルノは、なおもモニターを見比べていた。中央にあるのがストラウドの指揮コンソールだった。右下にケーブルニュースの小さなウィンドウがある。画面のあとの部分には、三十行を超えるコードが表示され、小さな赤いXがそこに付けられていた。ストラウドは、ONIのオーバーレイを消して、このデジタルのトリップワイヤーにグリーンのチェックマークが現われないかぎり、ブラック・オーダーに至る道すじが侵されることはないと、サルノに説明した。

あとのモニター二台は、ビデオ会議用だった。工作員がチェックインすると起動する。全員無事だとわかっていても、画面が明るくなる前の数分、ストラウドが不安を味わっていたことに、サルノは気づいた——デスクを指で叩き、身を乗り出したり椅子にもたれたりしながら、浅く呼吸している。相手の特徴や顔の痙攣《けいれん》を何度となく目に留めて、その意味を読み取ることで、サルノは現場で生き延びてきた。なにかをやりたくてうずうずしているときには、すばやい反射的な反応が出る。何気なく耳か額を掻くのは、合図かもしれない。ビストロでテーブルから目をあげて美女を眺めない男は、ゲイか、聖人か、あるいはほかのだれかを見張っているのかもしれない。

指定の時刻に、モニター二台にふたりずつ顔が現われた。ディー・ディー・アレンとグレイ・カービーの顔が、二分割スクリーンにならんだ。ディー・ディーはホテルの部屋、カービーは車内にいた。元海兵隊員のマーク・フィルポッツとエイジ・ホンダは、アトランタのピードモント22ホテルでいっしょにいた。自分たちは黒人とアジア系なので、デリバリーのためにホテルに来ただけだと、ふたりはジョークをいったことがある。ディー・ディーは女性で同性愛者だった。そういったことはすべて、馬鹿げた機会均等ファシズムとは無関係だった。肌の色や出自がさまざまなひとびとがもっと多数、この社会改革運動に参加することを、ストラウドは願っていた。フィルポッツ、ホンダ、ディー・ディーは、平等を押しつけられることに我慢できない。彼らがチームにくわわったのは、そこで地位を得る能力があるからだ。

最初にストラウドに同調したのは、フィルポッツだった。ふたりの偶然の出遭い——フィルポッツにいわせれば〝運命の出遭い〟——の場所は、二〇一九年にペンシルヴェニア州ハリスバーグでひらかれた銃器展示会だった。ニュージャージー州ニューアーク出身でアフリカ系アメリカ人のフィルポッツは、ハリスバーグに近いスリーマイル島原発に警備員として勤務していた。複数の死傷者が出た銃撃事件が何度か起きたせいで、AR‐15セミオートマティック・ライフルが一時的に販売禁止になったことについて、ふたりは不満を語り合った。マスコミが、精神が不安定な市民の治療について論じるのではなく、その銃を害悪だと見なしたことを、フィルポッツは非難した。

「ナイトクラブの〈ハッピーランド〉では、嫉妬《しっと》深い彼氏が一ドル分のガソリンで八十七人を殺すことができた（一九九〇年にニューヨーク市ブロンクス区で起きた放火事件）」フィルポッツはそのときにいった。「だれもマッチの販売禁止を唱えなかった」

ストラウドは、心から賛成しただけではなく、熱烈に賛成した。ふたりはコーヒーを飲みにいき――ストラウドはアルコール飲料を飲まない――どちらも軍隊を経験していることを知った。ふたりとも海外遠征し、部隊の種類は異なるが、不正規戦や直接行動の作戦に携わっていた。ふたりがそれぞれ所属していた師団は、注目を浴びるような部隊や正式に承認された部隊が危険を冒すのを避けるような、政治的に扱いが難しい、敵が支配する地域で戦闘を行なった。

ふたりは戦争体験を語り、不満の種を話し合った。アメリカの現状をふたりは憤っていた。情報をろくに知らずに銃を憎悪する反対派への怒りだけではなく、国民全般が銃の所有者に憤慨していることへの怒りもあった。彼らが憲法修正第二条（市民の武装権を定めたもので、銃規制反対の根拠とされている）支持者に反対し、ひいては憲法の前提に反対していることに、ふたりは怒りをたぎらせていた。

その後の数週間、ふたりはフェイスブックのメッセンジャーでやりとりし、フィラデルフィアで会って、アメリカとアメリカ例外主義を護るという雄大な話題について話し合った。街中で生まれ育ったフィルポッツは、ストラウドよりもずっと熱中しやすかった。だから警備員になったのだ。だれかに押されたら、強く押し返すのが警備員のつとめだ。

「奪うことのできない権利を護るために、どこまでやると考えているんだ?」一対一で会っているときに、ストラウドはきいた。

「おれは考えない」フィルポッツはいった。「わかってる。アメリカのために、おれはひとを殺した。神のためでも、そんなことはやらない」

エイジ・ホンダを引き入れたのは、フィルポッツだった。

エイジはペンシルヴェニア大学で電子工学を専攻していた学生で、任務を完了できず家族の面汚しになったカミカゼ操縦士の孫だった。エイジの父アキヒコは、その恥辱から逃れ、勉学のためにアメリカにやってきた。そして、そのまま残った。アメリカ女性と結婚し、市民権を得て、レストランをひらいた。アメリカはホンダ家を救ったと、アキヒコはいった。その貢献に報いなければならないと、エイジは感じていた。

ホンダとフィルポッツは、海兵隊にいたときに、自分たちと戦友がアメリカのために血を流して戦っているあいだに、アメリカが危機に瀕しているのを見守った。「何者がいまそこにある危機なのか、おれにはわからない」とホンダはいった。「タリバンなのか、それとも団結せずズタズタに分断している過激派なのか」

ホンダは、自分の一族を救った国を護るのに、必要なことをすべてやる覚悟だった。

ストラウドは二度目のイラク出征のときに、訊問のために連れてこられて——その後解放された——タイキニスと会い、海軍情報技術部ソフトウェア応用課の外部コンサルタントだったITの神童ジャクソン・プールのことを知った。プールは、五、六回のイラク行きのあいだ、できるだけグリーンゾーンの奥にとどまっていた。ストラウドは、敵性ターゲットの電子的監視の件で、プールとかかわりがあった。プールはみずから認めるおたくで、英雄や愛国者やイデオローグではなかった。プールは人間よりもソフトウェアのほうになじめるような、社会に適応できない人間だと、ストラウドは判断した。

ストラウドが開業したときに最初に雇ったのがプールだった。三十歳のプールは、敬意を表して責任をあたえれば、管理しやすい——満足する——人間だとわかった。余分な報酬を払って、社会全般を混乱させる機会をあたえるというと、プールはよろこんでブラック・オーダーにくわわった。そこでの職務では、ストラウドとほかにひとりかふたり、協力しているという人間と交流すればいいだけだった。

ストラウドは、死者が出るはずだということを、プールが完全に参加してから打ち明けた。

プールは、肩をすくめただけだった。「おれがやってる電子作業は、すべて自爆機能が内蔵されてる」プールはいった。「おれがやったっていう証拠はなにもない」

つぎにくわわったのは、サルノだった。引退したCIA現場工作員のサルノは、ストラウド・セーフ・アット・ホームに職探しに来たときにストラウドと再会した。サルノは仕事ではなく目的を手に入れた。それだけではなく組織名を提案したのも、サルノだった。海外に遠征したときに、地獄が一カ所ではなく数多くあるのを思い出すために、ダンテを読んだ。それぞれの環、それぞれの罪、それぞれの拷問がある。その九つの環を、サルノはブラック・オーダーと呼んだ。いかなる状況もあっというまに悪化して、もっとどす黒いものになるという戒めだった。

その名称は、ストラウドのパープル・ギャングへの崇拝とも一致した。

ディー・ディーの場合は、少々難点があった。元デルタ・フォース中尉のディー・ディーは、現在はウーバーの運転手で、シアン化物を鏃《やじり》に塗った矢による暗殺が特技だった。全米フィールドアーチェリー協会のフリースタイル・ボウハンティングで四十六歳のディー・ディーが優勝したときに、ストラウドは彼女に目をつけた。フィラデルフィア動物園に設置することを請け負っていたセキュリティをかいくぐることができるかどうかを試すために、ストラウドはディー・ディーを雇った。といっても、檻《おり》のなかの虎をハンティングするためではない。自分たちが出遭ったことがないステルス戦術にシステムがさらされたときにどうなるか、興味を抱いたのだ。速度が速く、探知しづらい小さな矢に対抗するために、あらたなモーションディテクターを開発しなければならなかった。

チームにくわわらないかときいたとき、ストラウドは求められることを明確にした。

「大きなネオンの警告に〝非戦闘員を殺さなければならないだろう〟とあったら、〝ＩＳＩＳの財務委員会の頭をわたしが抹殺したときに、少年を含む伝書使三人が死んだ〟というのがわたしの反応だ。われわれは憎悪の神権政治と相対しているから、わたしは必要なことをなんでもやる」

ブラック・オーダーのメンバーに最後にくわわったのは、グレイ・カービーだった。ストラウドは、勝ち目の薄い保守派の大統領候補レナルド・スティーヴンスの資金集めの大会の最中に、ヘッジファンドのマネジャーのカービーとおなじテーブルについた。元スナイパーのカービーは、ジョン・ライトが大統領に当選して、富裕層がこれまでにも増してぼろくそにいわれる見通しに、怒りをたぎらせていた――「ジョージ・ワシントンとトーマス・ジェファーソンの時代に戻る。国民がいかに病んでいるかがわかる」国が四年ないしは八年、悪化するのを座視するほかに手立てがないことを、あからさまに嘆いた。

「まったくそうだとはかぎらない」ストラウドはいった。

その夜が終わるまでに、カービーはブラック・オーダーに熱烈に傾倒していた。

そして今、チームはHアワー以来はじめて、会議をひらいていた。ストラウドがどんな不安を抱いていたにせよ、いまでは雲散霧消して、誇りと感謝がそれに取って代わっていた。

「ようこそ」ストラウドはいった。「まず、わたしの横にいるクリストファー、ディー・ディー、グレイに、よくやったといいたい。三人とも抜群の仕事ぶりだった」

ディー・ディー・アレンとグレイ・カービーが、声をそろえてストラウドに礼をいった。いつものように孤独な戦闘員のサルノは、口をすぼめてうなずいた。

「完全な信頼と共通の目的をこめて、マークとエイジに任務を引き継ぐ」

「それに、おれたちは骨で殴る《ボーン・バンガー》やつに暴かれるようなことはないぜ」フィルポッツが軽口を叩いた。

ストラウドは笑みを浮かべた。「たしかに」

武器をきちんと扱えないので、骨で敵を殴る無能な新兵を意味する俗語だった。

「いまの勢いで自信たっぷりに進もう。しかし、自信過剰にならないように」ストラウドは話をつづけた。右のモニターのふたりを見た。「それに関して、ディー・ディー、グレイ、戦術面もしくは個人的に、なにか予想外のことはあったか？　マークとエイジの役に立つようなことがなにかあれば……グレイ、流動的な任務はなかったか？　なんなら、わたしに内密のメッセージを送ってくれてもいい」

メンバーはすべて誇り高く、迷い、罪悪感、躊躇《ちゅうちょ》など、心的外傷後ストレスで浮上することがあるような特質を公に認めない可能性が高かった。

「たったひとつだけ、いいたいことがある」ディー・ディーが、ストラウドにいった。

「任務に関係がある。完了してから、明らかになったんだけど」

「話してくれ」

「わたしたちはみんな、ひとを殺したくないと思ってる。けさ、わたしはそう感じてた。でも、撃った瞬間にはっきりした。あなたがずっと話していたとおり、目標はそれくらい重要だということが。わたしたちやターゲットのどれよりも、それがずっとント誇らしい」

「重要なのよ」

「実例が教訓になったわけだ」カービーがつぶやいた。

「そのとおり」ディー・ディーはいった。「誇らしく思ったのよ、バートン。いまも誇らしい。あなたのリーダーシップが誇らしいし、チームにいることが一〇〇パーセント誇らしい」

「おれもおなじことをいおうと思ってた」グレイ・カービーはいった。

拍手喝采《かっさい》では無礼だっただろうが、感銘を受けたというようにストラウドはうなずいた。あとのものは、そういう気持ちに敬服した。サルノは、目を落としてからモニターに視線を戻した。意外にもおなじことを感じていて、あらたな感情もこみあげ――うらやましいと思った。

ストラウドは、全員の顔を見て、いっそう真剣になった。

「グレイ、つぎの位置についてくれ。ディー・ディー、話し合ったとおり、フィラデルフィアを抜けて農場《ホームステッド》へ行ってくれ。必要になったらメールする。全員で午後九時にもう一度会議をひらく。そのときには、みんなのつぎの方策について、もっと明確な全体像がわかっているはずだ。なんらかの理由で、わたしがここに戻るか、このシステムが安全ではないような原因が生じたら、darkcabbage.com システムにログオンして、直後に届くはずのメールを待て。六時四十五分までにわたしから連絡がなかったら、どうすればいいか、みんなわかっているはずだ」

「戦争をつづける」サルノがひとりごとのようにいった。「報復付きで」

「そういうことにならないように祈りましょう」ディー・ディーがいった。

「そのとおりだ」ストラウドは同意した。目つきと口調が厳しくなった。「だが、このことを忘れるな。感傷的なことがはいり込む余地はない。現実に即していて適切なところには同情してもかまわないが、それ以上はだめだ。アメリカは、痛みを食いとめるために、だれとでも交渉する用意がある。われわれは痛みを大きく、持続するようにしなければならない——敵を激しく、必要とあれば頻繁に攻撃する心構えが必要だ——敵がやめてくれと哀願するように。いいか、戦争の期間と範囲を決めるのは、われわれではない。われわれがもたらす流血と破壊によって、われわれを抑圧するものがそれを決定することになる」

「解放のための戦争」フィルポッツがいった。

ストラウドは笑みを浮かべ、元海兵隊員のフィルポッツに視線を向けた。「マーク、エイジ——幸運と成功を祈る」

「おれたちはあんたたちみんなの期待を裏切らない」フィルポッツがいい、力強い顎をゆがめて、うぬぼれに近い自信満々な笑みを浮かべた。

　ストラウドはふたりに謝意を表して接続を切った。部屋に重い沈黙が垂れこめた。

「サンドイッチを作ろう」サルノがいった。「あんたもいるか？」

「わたしはあとでなにか食べる。ありがとう。メディアの依頼を何件か断わらないといけない——われわれの仕事が終わるまで、テレビでわたしの声が流れるようなことは避けたい——それが済んだら、営業所へ行く。ふりの客が三〇パーセント増えたといわれた」

「みんな怯えてるのさ」サルノがいった。

　ストラウドは、眉をひそめた。「だれもがつねに怯えている。わたしが子供のころからそうだった。ソ連、爆弾、ベトナム戦争中の無法な市街、ガソリン配給、不景気、9・11——つねに危険な時代なんだ」

「ああ、しかし今回はまったくちがう」

「それを指摘しようと思っていた」ストラウドはいった。「われわれはナチのドイツになってしまった。ひとびとはセキュリティのリスクだけではなく、社会がもたらす危険を不安に思っている。まちがっていることを口にし、まちがっている新語を使う。ストラウド・セーフ・アット・ホームは彼らを助けられないが、われわれは助ける」

「まったくそのとおり」サルノがいった。

サルノが食事のために出ていき、ストラウドはプールと自分だけが暗号を知っているバーンプログラム以外のシステムを切った。そのプログラムを作動すると、家の物理的な機器はすべて使えなくなる。しかしながら、破壊されたプログラムは、農場《ホームステッド》では安全だった。

農場《ホームステッド》。熱望をこめて、ストラウドは思った。そこはかけがえのない場所だった。訓練場であり、隠れ家でもあった。

ストラウド一家は、一九六八年にペンシルヴェニア西部の土地五〇エーカーを現金で買い、譲渡証書を保有して税金を払うために、実体を突きとめられない会社をいくつも設立した。そこにはなんの変哲もないように見えるビルがあり、要塞のように強化した地下壕が連なって、補給品の倉庫、チームの訓練、アメリカ国内の敵からの隠れ家の役目を果たしていた。第二次世界大戦中には、弾薬が保管されていた。僻地《へきち》にあるために使用目的を変更できないそういう地下施設は、ペンシルヴェニア以外のあちこちの州にもある。

近い将来、そこは彼ら全員にとって安全な場所になる。敷地内でそこだけが安全だというだけではなく……彼らが救った国で安全に暮らすために重要になる。

8

ペンシルヴェニア州フィラデルフィア
一月十六日、午後一時一分

チェイス・ウィリアムズは、不明瞭《ふめいりょう》な物事が明確になったときのことを思い出した。なかでも、四年ほど前のひとつの出来事がきわだっていた。

欧州連合最高司令官のダイアン・カール将軍に電話した直後、ホワイトハウスの危機管理室にいたときのことだった――カール将軍の顔が、部屋の南側のモニターに大写しになっていた。ほかにその場にいたのは、ミドキフ大統領とトレヴァー・ハワード国家安全保障問題担当大統領補佐官だけだった。三十年の実働勤務を経ているカールは、超自然的な勘で、その会議に備えができていた。結局、危機は回避できたのだが、その時点ではだれにもそれがわかっていなかった。

カールの揺るぎない声、力強いまなざし、無駄のない言葉遣いを、ウィリアムズはいまでも憶えている。

「ロシア軍がベラルーシ中に展開していることを、衛星と地上の目で確信しました」カール将軍はそのときにいった。「ロシア軍の進軍はつづいていて、NATO対応部隊と高度即応統合タスク・フォースの位置でとまるだろうということを、クレムリンの信頼できる情報源がわれわれに確言しています」

その部隊がどれほどベラルーシ国境に近いか、ヨーロッパの地上とバルト海やその他の海で投入可能な米軍部隊にどのようなものがあるかを、カールは一同に説明した。

「NATOは即応能力に問題があり、ことに輸送機が不足しています。ウィリアムズ将軍から連絡がある前に、わたしが受けた報告では、NATOは代替の陸上輸送を模索しているとのことでした」

「即応能力の問題か」ミドキフは答えた。「NATO諸国は、ロシアのエネルギー源に依存していることを気にしているんだろう」

長時間の遠隔ビデオ会議の結果、当面、なんの行動も起こさないことを、大統領は決定した。六時間後に、もう一度会議がひらかれた——それまでにロシア軍は、すべての前進を停止していた。

二度目のビデオ会議でカールは、すべてがアメリカとＮＡＴＯの対応を見届けるための試験だと意見を述べた。そのとおりだった。プーチンはなにも情報を得ることなく、翌日に撤退を命じた。

多国間の対決が避けられたことに、ウィリアムズはほっとした。多数の情報源からのたしかな情報と、武力行使の躊躇と、冷静で思慮深い頭脳のおかげだった。

いまのブラック・ワスプには、冷静な頭脳はひとつしかない――ブリーン少佐だ――それに、それ以外の資質がチームには欠けている。

ウィリアムズが直面していたのは、信頼の危機ではなかったが、出口ランプで話をしたときには、自分の手法にあまり自信が持てなかった。海軍の連帯感は、ウィリアムズがいったようにまちがいなく強力だ。問題は、倫理もおなじかどうかだった。テロリストひとりを不適切なやりかたで殺した自分が、海軍の人間に秘密情報を明かすよう強要することについて悩むのはおかしな話だと思った。

とにかく、自分の世界は軸がぐらついている。

バンは、道路封鎖に向けて進んでいった。道路はまだ自動車が通れないように封鎖されていた。バリケードは、フィラデルフィア市警が管理するバリケードだけだった。市民を護る権限を取り戻すために市警が法廷に訴えたことを、ブリーンは情報を読んで知っていた。その問題が協議され、裁かれ、控訴されるまで、まだ数時間かかるだろう。

スプルース・ストリートにあるハミル大佐の家の外には、警衛兵曹ふたりが立っていた。ふたりは六メートルの間隔をあけて、家の左右に配置されていた。警衛兵曹は着装武器《サイドアーム》を携帯していて、家の反対側に立っていた衛生兵曹三人を指揮していた。

寒い昼間で、歩行者はまばらだったし、野次馬も長居しなかった。チェイス・ウィリアムズだけが例外だった。

チームのあとの三人は六番ストリートにとめたバンで待ち、ウィリアムズは歩いてスプルース・ストリートへ行った。全員が沈黙していた。ブリーンは付近の家の窓を眺めて、ハミルの家を観察できそうな人間を捜した。リヴェットは、その家に侵入する方法をひたすら考えていた。グレースは警衛の態度、行動パターン、注意力を見極めようとした。

ウィリアムズは歩きながら周囲を見まわし、近所の様子を探った。ＯＮＩの標章が貼られたセダン二台が、目立たないように距離を置いてとまっているのを見つけた。タウンハウスに近づくと、敷地や屋内に侵入者がはいり込めそうな経路はないかとあちこちを見た。六番ストリート沿いのタウンハウスはすべて連結していて、屋上がとなりの家とつながっていた。アトラス・ハミルの家は末端にあるので、屋上はいっぽうでつながっているだけだった。金属製の船乗り用風見が、煙突に取り付けてあり、もう一軒の屋上のほうを向いていた。屋上に家具があったので、デッキのような場所と屋内への入口があるはずだった。凍てつく夜に表に出ている近所の人間以外に見られることはないので、侵入しやすい場所になっていた。

街灯のそばに立っていた警官のうちのひとりが、通りかかったウィリアムズを見た。海軍の紺の軍服は、これまでにやってきた海軍関係者とおなじように、たちまち紺の制服の警官たちに、不愉快そうな目を向けられた。無理もない——警察の縄張りで管轄権をふりかざしていると見られているのだ。ウィリアムズは、おなじ海軍の人間の連帯感から、裁判所が警察に立ち入りを許可したときに立場が逆転するのを警衛兵曹たちが覚悟していることを願った。

ウィリアムズは、もっとも近い警衛兵曹に近づいた。女性の兵曹が、厳しくよそよそしい目で睨《にら》みながら敬礼した。

「こんにちは、トレイン上等兵曹」答礼し、名札を読みながら、ウィリアムズはいって、立ちどまり、家の正面を見あげた。

「こんにちは、提督。申しわけありませんが、だれも入れないように命じられ——」

上等兵曹が、不意に言葉を切った。「失礼ですが、チェイス・ウィリアムズ提督でしょうか？」

「そうだ」〝退役〟は省いた。それで一線を越えたのを、ウィリアムズは承知していた。

若い女性上等兵曹の批判的な強い視線と表情が和らいだ。「申しわけありません。おいでになるとは知らされていなかったので。ほんとうに光栄です。提督の写真をオフィスの壁に飾っている新兵師団の師団長に訓練されたんです」

「その師団長は――？」

「レスター・サヴェージ将軍です。二度目の陸上勤務のとき、中央軍《CENTCOM》の警備部隊に属してたそうです」

ウィリアムズは笑った。「ああ、レス・サヴェージか。きわめて優秀な男だ。われわれの部隊には、よりによって、チームのほかのものほど獰猛《レス・サヴェージ》ではないとからかう従軍牧師がいた。それが事実ではないことを立証するために、レスはひとの倍、働かなければならなかった」

「そのようですね」トレインがはじめて笑みを向けた。「将軍はそのとおりのことをおっしゃいました」

ウィリアムズは、ハミルの家のほうへうなずいてみせた。「ハミル大佐も知り合いだった」

たちまち、トレインが沈痛な顔になった。「お気の毒です。ルイス少佐もご存じでしたか?」

「いや、知り合いではなかった」

「一度、少佐に会う光栄に浴しました。非常に印象的な女性でした」

「そう聞いている」ウィリアムズは答えた。家の正面をちらりと見まわした。高い杭柵があって、車の音が一階に響くのを防ぐとともに、防御にもなっている。その奥にストラウド・セーフ・アット・ホームのステッカーが見えた。殺人者がドアか窓から侵入する前に、そのシステムを作動しないようにする必要があったはずだ。どうやったのか? コードを切るか、電流を迂回させるか、センサーをなんらかの方法で遮断するか——だが、予備電源のバッテリーがあるはずだ。ホームセキュリティについて知っているのは、ウォーターゲイトにある自分のアパートメントに関することだけで、あまり知識が豊富ではなかった。

玄関ドアや通りに面した窓を金梃子《かなてこ》でこじあけたような形跡は見られなかった。屋上から侵入したのか? 家のなかにだれかがいる気配があるのが、動きと音でわかったが、ウィリアムズの側の窓からは人の姿が見えなかった。

「最初に招集されたときから、ずっとここにいるんだね」ウィリアムズは、トレインにいった。

「どうしてわかるんですか？」

「真夜中の寒さに備える服装だし、相棒がさっき携帯電話を確認した。交替の時刻を過ぎているんじゃないか」

トレインが、また笑みをうかべた。「すごい推理ですね」

「海軍に四十年近くいて、歩哨《ほしょう》の態度を見てきたんだ」ウィリアムズは笑みを浮かべた。「教えてくれ――昨夜、警報装置は作動していたのか？」

トレインの笑みがこわばった。「提督、事件のことはなにも話してはいけないと命じられています。申しわけありませんが」

「わかっている。あやまる必要はない」

トレイン上等兵曹が、すこし身を乗り出した。「でも、おおやけにわかっていることなら話せます。けさ捜査員がはいっていったとき、セキュリティシステムが作動しなかったので、機能するかどうかたしかめるために再起動したんです。迫撃砲弾が飛んでくるような甲高《かんだか》い警報が鳴り響いて、通りのあちこちの窓に怒った顔が現われました。そのあと、市の検死官も帰ったし、それは公然の秘密になりました」

ウィリアムズは考えたくもなかったが、隠密作戦であるはずのことをアメリカの重要な情報部門が行なっていたのに、それが公然の秘密になるとは皮肉な成り行きだった。

「マン大佐は？　彼女はここに来たのか？」

「そのかたは存じません」

「海軍支援施設《NSA》司令だ」

「そのような階級のかたは見ていませんが、でもやはり――」

「わかっている。すまなかった。ハミル大佐が退役したあと、マン大佐が後任になったのだと思う。マン大佐が来るのなら、待つつもりだった」

「確認できますが」

「いいんだ。基地に会いにいく」

ウィリアムズは驚いた。海軍支援施設《NSA》の組織は、ブリーンが調べてあった。前任者と親密だったことを示すために、NSA司令はこういう犯罪現場に配置されている人員に会いにこなければならないはずだ。つまり、NSAは海軍以外の法執行機関となじように締め出されている。

ネイサン中将は、ＯＮＩの人員以外の人間をハミルの家に入れたくないのだと、ウィリアムズは思った。繊維、指紋、毛髪をすべて収集するまでは。

ここにだれが来たのか、なにか小耳に挟んだことはないかと、ウィリアムズはトレインにもっと聞きたかったが、ドアの反対側にいる相棒が好奇の目を向けるようになっていた。トレインが厄介なことに巻き込まれてはいけないと、ウィリアムズは判断した。

「さて、上等兵曹、きみに会えてよかった。時間を割いて話をしてくれてありがとう」

「こちらこそお目にかかれてよかったし、光栄でした」トレインが、敬礼しながらいった。

ウィリアムズは答礼し、最後にもう一度、家の正面を見た。だれかが家のなかから見おろしているのに気づいた。たぶん話をしているのを聞きつけたのだろう。その人物は、すばやく奥にひっこみ、ウィリアムズは歩いてバンに戻った。

「警衛兵曹はいろいろしゃべってくれたみたいですね」リヴェットがいった。

「わたしのことを知っていたんだ」ウィリアムズは、運転席に乗った。「マン大佐はここに来ていない。ＯＮＩはまだ手がかりを捜しているようだ。ＮＳＡに行く前に、寄りたいところがある。ストラウド・セーフ・アット・ホーム。警報を鳴らさずに何者かが家にはいる方法があったかどうか知りたい」

「スイッチを切ってあったんじゃないですか」リヴェットがいった。

「アトラスは秘密の調査に携わっていた。用心していたら、それはないだろう」

「システムがネットワーク化されるかモニターされていたら、ハッキングできた」ブリーンがいった。

「それをたしかめるべきだな」

「ストラウド・セーフ・アット・ホームは、十七番ストリートとジョン・F・ケネディ・ブールヴァードの角に営業所がある」グレースが、携帯電話を見ながらいった。

「コムキャストタワーの角を曲がったところよ」

ウィリアムズはその住所を携帯電話に入力し、来た方向に車を戻した。

「会社の沿革は書いてあるかな?」ブリーンがきいた。

「二〇〇五年創業。ウェブサイトに、〝州で一位〟って書いてある」

「当然だな」ブリーンはいった。「CEOは?」

「バートン・ストラウド・ジュニア」

ブリーンがその名前を調べているあいだに、ウィリアムズはGPSに従って、バンを北西に向けて走らせた。海軍にいたときに、同胞愛の街（フィラデルフィアの愛称）には何度となく来たことがあった。記憶にあるよりもにぎやかに見えた。おそらく若者たちが越してきて、メインラインの階級を増強しているのだろう。よかれ悪しかれ、それがウィリアムズの人生の大半、この場所にあった伝統的な秩序を揺るがしているのだ。

　ストラウド・セーフ・アット・ホームの営業所は一階のみで、角の小さな面積を占めているだけだったが、行ったことがあるアップルの直販店すべてに似ていると、ウィリアムズは思った。外壁はすべてガラスで、ドアには白いSSAHのロゴと、〝ストラウドは信用できます〟という謳い文句が記されていた。壁は白く、黒いポロシャツの制服を着た若い社員が、長い黒のカウンターの奥で働いていた。

「ストラウドの世界は黒と白だな」リヴェットが意見をいった。

「それに、混んでる」グレースが評した。

「裏庭で殺人があったから、みんなパニックを起こしてる」

「あるいは、システムがいくつか〝ダメになって〟、みんな文句をいいにきたのかも」グレースはさらにいった。セキュリティが人為的に遮断された可能性があるというブリーンの説を支持し、両手の指二本を曲げて引用符の形をこしらえる〝そうよね〟の仕草をした。

ウィリアムズは、営業所内から見えないブロックの先の路肩にバンをとめた。

「きみがいったほうがいい」ウィリアムズは、ブリーンにいった。「一般市民らしい服装なのは、きみだけだ」

「市民に化けてもうまくいきませんよ。混んでいるから、法務総監部《JAG》の身分証明書のほうが効き目がある」

「もっともだ。だれと話をするにせよ、圧力をくわえる必要がある。二打席目まで待つ時間はないかもしれない」

「そのつもりです」ブリーンはいって、ドアをあけた。

「ねえ、少佐」リヴェットがいった。「おれの地元じゃ、アラームをセットするふりして、あとで戻ってきて盗めるように、細工しとくんだ」

ブリーンが足をとめてふりかえった。「お見事、兵長。わたしたちが捜している答は、それかもしれない」

リヴェットが顔に笑みをひろげ、車をおりたブリーンは歩いて離れていった。

ブリーンは、営業所に近づきながら観察した。同時に到着した男のために、ドアを押さえてやった。通りからは見えなかったが、透明なガラス棚があり、さまざまな警報装置、センサー、非常用ボタン、錠前、キーパッドが陳列されていた。客が数人いて、セールスカウンターにも何人か集まっていた。奥の部屋に通じているくぐり戸から、ひとりの男が現われた。

「こんにちは、ストラウドさん」カウンターの奥の若い女性がいった。

「こんにちは、アイリーン」

ブリーンは、混雑のなかをじりじり進んで、すでに客のほうを向いていたその男に近づいた。ブリーンはシャツのポケットに手を入れて、携帯電話で録音を開始した。

「失礼ですが、ストラウドさん。ちょっとお話ができませんか?」

ストラウドがふりむいた。笑みが口もとに浮かびかけていた。右頬の目立つ火傷の痕のせいで、口がすこし動きづらいようだった。

「すぐにすむのなら」かすかにいらだたしげに、ストラウドがいった。不愉快そうな顔の客のほうをちらりと示した。

「すぐにすむと約束します。わたしはメイジャー・ハミルトン・ブリーンです」

「どういう用件かな、陸軍少佐《アーミー・メイジャー》ブリーンさん（メイジャーという名もある）?」

ブリーンは驚いた。

「わたしは元レインジャーだ」ストラウドが、火傷の跡を指差していった。「目につくだろう?」

「これはうかつでした」ブリーンは笑みを浮かべ、財布の身分証明書を見せた。

ストラウドが、それをちらりと見てから、ブリーンに目を戻した。「法務総監部《JAG》が、わたしの民間の事業に関心があるのかね、ブリーン少佐？」

「ありますよ。陸軍補給処三カ所、レターケニー、ニューカンバーランド、トビーハナの基地外の個人宿舎のセキュリティが心配なんです。その地域にいたことがあるので、セキュリティの統合システムのことをきくために来ました」

「それは大きな問題だし、ご覧のとおり、いまは時間が――」

「わかっています。また出直しますが、ふたつだけちょっとおききしたい。かまわなけば」

「手短にしてくれれば」

「まず、あなたのネットワークはどれほど安全なのですか？」

「あなたのJAGのもっとも優秀なIT専門家に、わたしのシステムに侵入できるかどうか、試させればいい。侵入できたら、よそでシステムを買う費用を肩代わりしよう。もうひとつの質問は？」

「電圧低下探知システムは？」

ストラウドが、ブリーンの顔をしげしげと見た。「それはまた具体的な質問だな」

「父親のシステムで起きたんですよ」ブリーンはいった。「だれかが付け足した回線を使って、信号を迂回したんです――パネルの表示では問題なかったが、何者かが忍び込める隙間《すきま》をこしらえた」

「それはわが社のシステムでは不可能だ。電圧が一瞬でも下がったら、たとえ二十ミリ秒でも、モニターデスクで警報が鳴る」

「どこにあるのですか?」

「地下室にあって、好奇の目から二十四時間、一日も休まずに護っている」

「ありがとうございました」ブリーンはいった。「三時にお目にかかれますか?」

「遅れないでほしい。四時に約束がある」

「ではのちほど」

ストラウドが、いらだっている客のほうを向いた。ブリーンはそこを離れ、カウンターからビジネスカードを一枚取って、立ちどまった。検察官の直観が立ち去るなと告げていた――もうひと押しだ。

「あと、ひとつだけ、ストラウドさん。スプルース・ストリートの家も警備していたんでしょう?　侵入された家ですよ」

ストラウドの顔に奇妙な笑みが戻ったが、冷たい目つきになった。「システムを有効にするには、顧客がそれを作動しなければならない。昨夜、その家はシステムが切られていた」

「そうですか。悲しいことだ」

「それに、不用心だ」

ブリーンはそこを出た。ストラウドはブリーンをうしろから見つづけ、笑みが不安定になり、ブリーンの姿が見えなくなるまで、かすかに血走った目を離さなかった。

ブリーンはバンに戻った。録音をマット・ベリーに送るときだけ、足をとめた。ウィリアムズにビジネスカードを渡した。

「セキュリティシステムはハッキングできないし、ハミルの家のシステムの電源がはいっていなかったことが確認されていると、ストラウドはいいました」

「なんて親切なひとなの」グレースがいった。

「そういう意味でいったんじゃない。ストラウドは元レインジャーだ。これには自尊心も関わっている」

「それに、生活も」グレースはいった。携帯電話を差しあげた。「彼の名前は、残虐に殺された男の芝生に描かれていたわけよ。被害対策をやらないといけない」

「営業所にいた連中の半分は、返金を要求するだろうね」

「ストラウドが考えているのは、それだけではない」ウィリアムズはいった。「ハミルの家の捜査が終わったらすぐに、ＯＮＩはストラウドと会う予定だと、ベリーがメールで知らせてきた。それに、警報装置について、ハミル夫人にきくこともできるだろうと――今夜のうちに」

「それまで待つつもりはありません」ブリーンがいった。

「なにをやるつもりだ？」

「ストラウドの営業所には、地下にモニターシステムがあります。それについてもっと探り、だれがアクセスできるのか突き止めます。四時よりも早い時刻にまた行くといってあります」

ウィリアムズは時計を見た。「二時間ある。あまり時間がないが、やってみよう」バンを発進させてから、ブリーンを見た。「まだなにか気になることがあるんだな」

ブリーンはうなずいた。「前におっしゃったことです。これはハミル大佐の専門のゲームではなかったという指摘です」

ウィリアムズは、フィラデルフィア北東のローンクレスト地域にバンを向けた。運転しながら、ふたたびダイアン・カール将軍と、国を護る作業が、チームのいきあたりばったりの手順で進められていなかった時代のことを考えた。

9

ジョージア州　アトランタ
一月十六日、午後一時三十四分

ビデオ会議のあと、マーク・フィルポッツは、ハイカーボンステンレスになったような心地がした。精神だけではなく、地球上のもっとも強力な成分が手から腕に流れ込んで体にはいって、肉体もそうなったように感じた。

ホンダとともに攻撃を開始する時刻の一時間八分前に、フィルポッツはピードモント22ホテルのアウトドアカフェで遅い朝食を食べていた。すでに中古車の古いカトラス・シュプリームを現金払いで買って、ピードモント・アヴェニューNEにある〈パブリックス〉食料品店の駐車場にとめてあった。監視カメラから遠い場所を選んでいた。いずれにせよ、攻撃の直後に、男ふたりとその車を捜す理由はないはずだった。

車をとめたあとでホテルに戻ったフィルポッツは、ジムで筋トレを一時間やった。ランニングをやってから、五〇ポンドのフリーウエイトをあげた。身長一九三センチのフィルポッツが、海兵隊に入隊してからずっと毎日やっている運動で、いまではもう四十年つづけている。

そのあと、ジョージア州の冬の朝に特有の湿気が多い霧のなかで足早に散歩した。この地域の一世紀半前の光景を彷彿《ほうふつ》させる公園や花壇のかすかな香りが漂う朝の戸外は、不思議な時間だった。黒人のフィルポッツが嫌悪しか感じられない時間とはまったく異なる。だが、それが重要な点だった。利己的な住民を変えるには、内戦が必要だった。ふたたびそれをやる時機になった。かつて奴隷がとぼとぼと歩いたこの土地にいると、虚弱な連邦――精神的な力が弱く、自分たちを支えろと他人に要求するばかりの南部の世代――とフィルポッツが呼ぶものを転覆させるという決意はいっそう強まった。

フィルポッツは駐車してあるバンを先ほど確認した。だれにもいたずらされていないのをたしかめた。タイヤの空気は抜けていないし、ガソリン注入口のキャップもいじられていなかった。

そう考えながら爽《さわ》やかな気持ちになり、鋭敏になったフィルポッツは、任務の朝にやる最後の訓練のために部屋に戻った。シラットナイフによる戦闘の過酷な訓練を、フィルポッツは毎日やっていた。そのマレーシア風の戦闘術は、フィルポッツが身につけた数多くの戦いかたのうちのひとつだった。それを選んだのは、大型の動物に対して有効だし、警察がどんどん警察犬《K9》部隊を増強しているからだった。けさこの訓練が重要なのは、精確な動きが必要だからだった。ひとつのミスだけで、大衆の感情はまずい方向に傾く。

死傷者が多数出ると、重大な責任になる。

警戒怠りなく、準備が整ったフィルポッツは、そのあとでのんびりと食事を楽しんだ。

ホンダは寝室にとどまっていた。リビングは、フィルポッツが訓練に集中するのに必要なプライバシーと空間を提供していた。五十九歳のフィルポッツは、両手の親指がこわばっているのを感じはじめていた。ことに大型のボウイーナイフを握っているとそうなる。長さが四二センチで、柄《え》をしっかり握らなければならず、突き出すには親指を刃の上に添える。仕損じることは許されなかった。反対の手には刃が反っているカランビットナイフを握るので、それがよけい難しかった。フィルポッツは、両腕を非対称的にふりまわしながらナイフ二本を同時に使う練習をした。右手でも左手でも使えるように、ときどき持ち替えてそれをやった。

サルノは、ハミルの喉を掻き切るのに、刃渡り八センチの鹿をさばくためのナイフを使った。カランビットはもっと刃が大きく反っていて、刃を折り込めるグリップに指をかける穴がある。ポケットに入れて隠せるので、今回の任務にはうってつけだった。ボウイーナイフは、黒いウィンドブレーカーの袖の下で、ドロップダウン式鞘に入れておく。腕を下にのばせば、柄が手首の上から滑り落ちて、掌に収まる。それでも刃は肘の内側にあるから見えない。切りつけるときには、腕で大きく弧を描く。

フィルポッツとホンダにとって、きょうは歴史的な一日になるはずだった。外部からは輝かしく見えないだろうが、ブラック・オーダーは称賛を必要としない。要求するのは伝統の遵守だった。フィルポッツは、もちろんバートン・ストラウドの政治目標に身を捧《ささ》げている。チームの全員がそうだった。ことによると、イデオローグの要素が薄いジャクソン・プールだけが例外かもしれない。プールは思想や理論よりも、自分が引き起こし、なおかつコントロールするテクノロジーの大混乱――本人はテクノロジー旋風《テクヴォックス》と呼んでいる――のさまざまな形と重層のほうに関心を持っている。電子工学の魔術師のプールをストラウドが身近に置いているのは、そのためだった。まだ若いプールが、敵を相手にするのに退屈して、楽しみのためにブラック・オーダーに矛先《ほこさき》を向けるようなことは望ましくない。

「国家を建設するものは、ある種の集団をうまくあしらうか、根絶しなければならない」ストラウドは何度もいったことがある。

おかしなものだと思いながら、フィルポッツはミューズリとメロン半分を食べ終え、二杯目のブラックコーヒーを飲みながら思った。この問題の決着がつくまで、ストラウドは数百人、ひょっとすると数千人を殺すかもしれないが、それでも彼をまったく正気で冷静に事態をとらえていると自分は見なしている。ひそかに忍び笑いを漏らしながら、フィルポッツはその考えを斥《しりぞ》けた。海兵隊やブラック・オーダーに参加したのは、観念的な動機をもてあそぶためではなかった。アメリカの明白なる使命を病害だとみなすやからと戦うために、それらの組織にくわわったのだ。ナイフ一本を支えるには、五本の指はすべて必要とされる。指五本が利己的にべつべつに働こうとしたら、力が弱くてほとんど役に立たない。

フィルポッツはエネルギーに満ちあふれ、準備が整って、立ちあがった。フィルポッツは、サルノが用意してくれた単純な偽装を身につけていた。サルノは浅黒い肌の奇人で、長期間の潜入工作による心的障害後ストレスのせいでチック症状がひどく、顔がひきつっている。だが、さまざまな技倆にくわえて、変装が得意だった。フィルポッツは、サルノの指示で口髭と顎鬚《あごひげ》を粘り気のあるコロディオンの混合液で貼り付けていた。

「イスタンブールで女たちがペイスティ（バーレスクダンサーが乳房に付ける飾り）に使うのを知った」

だからあれだけ激しく揺すってもはずれないのだ。ものすごく動きが速いゼイベク（トルコのフォークダンス）のダンサーを、フィルポッツはオンラインで見たことがあった。

フィルポッツがそこを離れるとき、プールではあまり活動がなかった。宿泊客の多くは、映画スタジオのツアーに出かけているか、近くのピードモント22でショッピングしている。彼らが無知なおかげで、フィルポッツのひとりよがりの行動も目立たなかった。彼らは気づいていないが、多くはフィルポッツやホンダと遭遇する運命にあり、特別に選ばれた数人が悲運に見舞われる。

フィルポッツは、カフェのドアを通らず、高くなって弧を描いている遊歩道をまわってエントランスに向かった。朝の繊細な香りは、水をやったばかりの植物の強いにおいに取って代わられていた。それが鼻腔《びこう》を満たし、陽光が体を温めた。

フィルポッツは、満面に笑みを浮かべた。

ああ、なんというすばらしい日だろう！

＊

エイジ・ホンダは、オンラインでチェックアウトした。

ビデオ会議のあと、ホンダはずっとスイートにいて、ルームサービスを頼み、ウィッグと山羊髭《やぎ》を入念にたしかめて、いまは宴会場の外の洗面所にいた。個室にはいり、任務のために各種の武器を点検していた。便所を選んだのは、監視カメラがないからだった。スイートにはだれもいなくなるが、もう一日分宿泊費を払っておこうかという話もあった。だが、両側の部屋が家族連れだった。爆発物ではときどき手ちがいがおきる。

この犯行現場でかならず屋内退避指令が出るはずなので、そのときにホンダの役割が開始される。

ホンダとフィルポッツは、国際市場向けの、ミントが原料の薬草入りビタミン剤と治療薬を製造している〈サプルミント〉社の所有者だと名乗っていた。自然療法はホンダの趣味で、何世紀も前からの稼業だったので、ノコギリヤシ、ユビキノール、スペアミントからペニロイヤルミントに至るあらゆる種類のミントについて説明することができた。

サンプルについて疑いが持たれるおそれはなく、スクリューキャップは完璧な起爆装置になる。ペンシルヴェニアの農場で、ホンダはそれを実験した。キャップを押してねじると五秒後に、発熱材か衝撃をあたえるボルトが、ホンダが望む設定どおりに作動する状態になる。ホンダは、スマートウォッチからワイヤレスで作動する仕組みにしてあった。

ホンダは、ふれこみどおりであることを示すために、ここにいる二日のあいだに、自分の商品を売り込んだ。サンプルを無料で提供し、スタッフや客と仲良くなって、チップをばらまいた。愛想がよく、ざっくばらんなので、サンプルの広口瓶のほとんどに爆発物を入れて運んでいると思われるおそれはなかった。タイキニスが指定の場所に届けるものを、ホンダは厳密に指定した。きわめて安定している爆薬のTATB——トリアミノトリニトロベンゼンだけを要求した。この化学物質は、クロスカントリーで車を走らせて運ぶときの温度と高度の変化にも劣化しない。轍が深く刻まれている道路で揺られても爆発しないので、取り扱いに過敏になる必要がない。

ホンダとフィルポッツは、フィラデルフィアの〈クレイグズリスト〉で情報を得て現金で買った白いバンを使っていた。後部には梯子、ブラシ、ペンキの缶、テレピン油が積んであり、TATBがはいっている広口瓶と手榴弾を隠していた。サケム・ヘッド塗装店と記されたビジネスカードを用意してある。だれかがしつこく詮索《せんさく》したら、殺されて、後部の荷物にくわえられることになる。

だが、だれも詮索しなかったし、なんの問題も起きなかった。ふたりは交通違反で停車を命じられることもなかった。ある意味では、彼らが反対している社会正義を唱える連中が、アジア系のホンダと黒人のフィルポッツに役立ったともいえる。ふたりの車が工事現場を通るときや、山の地滑りのために迂回路を通るとき、法執行機関は過剰なくらい気を遣った。ホンダとフィルポッツは、ゲイの新婚カップルだと記帳しようかと冗談を言ったが、それでは皮肉がきつすぎただろう。

ホンダは思った。それに、事件後に微量のプラスティックとコロディオンを鑑識が発見し、法執行機関がインシロ・ツブラヤとアダム・ニックスを捜しても、該当する人間は見つからない。監視カメラの画像には、偽の口髭と顎鬚を付けて、ウィッグをかぶり、サングラスをかけた男が写っているだけ――顔認識ソフトウェアをごまかすにはそれでじゅうぶんだと、ジャクソン・プールが請け合っている。

チェックアウトは、予定より早く終えた。サンプルをぎっしり入れたスーツケース二個を下へ持っていって、ロビーに座り、基調演説がはじまるのを待つというのが、ホンダの計画だった。昨夜、演説を行なうためにリック・サミュエルズが到着したことを、フロントの新しい親友たちから聞いて知っていた。人気が急上昇しているテレビスターのサミュエルズは、薬草サプリメントの熱心な推奨者であるだけではなく、妊娠中絶を手術ではなくオーガニックに自然に行なうことを唱えている。「女性にとってそのほうがずっと安全だ」と、サミュエルズはその朝も、〝母親〟という言葉と、いかなる妊娠中絶も胎児にとっては安全ではないことを用心深く避けて、《アトランタ・ジャーナル・コンスティテューション》紙に述べていた。

その男――洗脳された若者――とそのインタビューと、インタビューを行なったこびへつらう記者は、ホンダにとって一種の道徳サプリメントだった。

ひとの命をそんなふうに勝手に奪えるのなら、生き残りの出席者たちは、おれとフィルポッツがやろうとしていることに、文句をいえないはずだ。

だが、もちろん偽善者たちは、理不尽な激しい非難の声をあげるだろう。そのために、ストラウドは可能な限り強い主張に彼らがさらされる方法を編み出した。

部屋を出る前に、ホンダはサンプルを詰め込んだスーツケースを点検し、荷物用のカートを持ってきて、逃走ルートを思い描いた。フィルポッツが運動用の服から武器が必要な場合にそなえて隠しやすいズボンとスポーツジャケットに着替えるために部屋に戻ってきたことにもやっと気づいたくらい、注意を集中していた。

フィルポッツが無言でホンダにうなずいてみせた。アドレナリンが血管をさかんに流れていた。歴史と出遭うまで待機する目的の場所まで短い距離を歩くために、フィルポッツは部屋を出た。

10

ワシントンDC　ホワイトハウス
一月十六日、午後一時三十七分

「大統領、進化する状況を調べているというのが現実なのです」ネイサン海軍中将がいった。「それがきわめて流動的です」

「失礼だが、進化する状況に追いつけないというのが現実だろう。それを調べるには、まず状況を把握する必要がある」ミドキフ大統領は、明確にいい直した。「FBI、国土安全保障省、フィラデルフィア市警をこれに参加させていない理由を聞きたい」

大統領がその質問を投げたことと、ONI長官のネイサンの官僚主義をとがめたことに、マット・ベリーは内心、快哉《かいさい》を叫んだ。ネイサンはオーヴァル・オフィスに呼びつけられた――〝緊急に〟――つまりやっていることを中止して、ただちに来るようにという意味だった。あいにく、ネイサンが要約して述べたように、提供できる情報がONIにはほとんどなかった。

チェイス・ウィリアムズとオプ・センターを特筆すべき例外として、軍とインテリジェンス・コミュニティは、犯した大失敗をそうではないようにいいつくろうのが、いつものやり口だった。準備を怠っていたことをごまかす流行《はや》りの専門用語は、〝計算ちがい〟や〝過小評価〟だった。前の政権が融通のきかないシステムを確立したのだという非難も当たっているだろう。しかし、ネイサンは〝進化する状況〟という新語で、責任逃れをさらに上の段階まで引きあげた。あたかも彼の指揮するONIの警戒態勢が最高のレベルで、組織をあげて警戒しているというような口ぶりだった。ところが、この問題に関して、ONIは完全な不意打ちを食らったのだ。

ネイサン長官は、そういう詭弁《きべん》を弄《ろう》したうえに、謙虚ではなく反抗的な態度だった。ネイサンはソファに座り、トレヴァー・ハワードがその左に、マット・ベリーが向かいにいた。ネイサンは身をかがめて、両足で床をしっかり踏み、両手を膝に置いていた。いまにも立ちあがってなにか重大なことをやりそうな身構えだった。だが、チェイス・ウィリアムズの場合とおなじように、内心が顔に現われてべつのことを物語っていた。ネイサンの馬面はさらに長くなっているように見えたし、目が血走っていた。

それにふたつの理由があった。ひとつは、〝進化する状況〟が、十二時間以上ずっと、ネイサンの捜査員に把握できていないことだった。もうひとつは、この会見が新情報を伝える場ではなく、罰せられる場になるからだった。なにしろネイサンは、自分の組織で行なわれていたことに、まったく気づいていなかったのだ。

ベリーは、それを見守りたくはなかった。補佐官としてここにいるが、じっさいはオプ・センターのために状況を観察するのが目的だった。ベリーはタブレットを用意して、ニューヨーク市警《NYPD》の情報更新を待っていた。いまのところ新しい情報はほとんどなく、ウィリアムズに伝える必要があるものは皆無だった。たとえば、レオポルド・クレイマー捜索は、予想どおりなにも成果が得られていなかった。それに、秘密保全システムに脆弱性《ぜいじゃくせい》があるので、ニューヨークの法執行機関は機微に属することをインターネットでは伝えないはずだった。

ベリーのとなりに、アンジー・ブラナーが座っていた。次期大統領のライトとミドキフは、ほとんどの政策で意見が対立しているが、この問題に自分が積極的に関与するとミドキフをじかに傷つけることになると、ライトは判断していた。ライトの意見が求められれば示すのが、アンジーの役割だった。

選挙前からベリーは、アンジーが重要問題や政治情勢を瞬時に理解することに感心していた。ただ、彼女の過激なリベラルの見解、権利意識、ハリウッドで培った言い逃れを認めない……結果だけを重んじる態度には、疑問を感じていた。アンジーは映画はヒットするものだと思っていて、興行成績が悪いと、解決策を要求し、責任をとらせた。今回もライトの名前を出すことで結果が得られた。しかし、それが長くはつづかないことを、ベリーは知っていた。ライトが最初の過ちを犯したときには――まちがいなく過ちを犯すだろう――アンジー・ブラナーと彼女のスタッフが、ショックを吸収する役目を押しつけられるはずだった。

アンジーが身を乗り出し、ミドキフの許可を得て、つぎに口を切った。

「提督、ブラック・オーダーが意図的に発見されづらいように仕組まれていることは、理解しています」アンジーはいった。「理解できないのは、この集団について進められている捜査の記録がないことです。それをネイサン提督から次期大統領に説明してもらいたいと思います」

ネイサンに対する懲罰がはじまった。その口火を切ったのは、まだなんの権限もないはずのアンジーだった。

「どの時点でも、ＯＮＩには百カ国を超える国に、七千人を超える活動中の捜査員がいる」銀髪の提督は答えた。「他の情報部門とともに、べつの百カ国あまりに貢献し、監視を行なっている。あらゆる事案に、一が最高、十が最低の優先順位がつけられている。この事案は10M――AからZまでは下位集合――つまり、極度に順位が低い問題だった。この集団の存在は単なる噂《うわさ》にすぎなかった。主任捜査員が明確に知るかぎりでは、彼らはまだなにもやっておらず――」

「提督の組織全体をスパイすることを除けば」

「〝明確に〟知る、といった」ネイサンがいかめしく答えた。「わかっているはずだが、それが〝スパイ〟の定義だ。ルイス少佐の捜査には、順位をつけようにも名称がなかった。請求書は〝雑録〟にまぎれ込んでいた。ほかの捜査員に情報を伝える明確な必要性がなかった。彼らはわたしたちの国で活動している既知の危険への対処に追われていた」

「だからいま、こうしてわたしたちが苦慮している」ハワードが口を挟んだ。「それどころか、きみがこれを封じ込めることができたのは、単にハミル大佐にルイス少佐の電話番号を妻に伝えるという先見の明があったからにほかならない」

「適切なことをやったのはわたしたちの資産にひとりしかいなかったとおっしゃるのですか?」ネイサンはそう応じた。「次期大統領が公約しているわたしの部門の大幅な予算削減にも、適切だと賛成するのですか?」

「トレヴァー、システムの立て直しはあとでやろう」ミドキフ大統領がネイサンのほうを向きながらいった。「明らかに立て直す必要がある。わたしがそれよりも深く懸念しているのは、アメリカの柱石である情報機関のひとつが、これについてなにも知らないということだ」

「大統領」ネイサンがいった。「わたしたちがいま行なっているのは、非公式捜査に関わっていた契約専用資産《COA》向けの業務処理手順です。一九九五年からこのやりかたでしたし、ついでながら、賢明でもあります。ファイルになにかを記載するときには、そのファイルにアクセスする人間も記載しなければなりません。ファイルを情報更新する人間、異花授粉（新しい思考パターンを取り入れてイノベーションを進めるために、よそのチームと意見や情報を共有すること）をやる人間、ファイルをリークする可能性のある人間がわかります。10Mのファイルにそんな負担をかけるのは現実的ではない」

有効だと長年のあいだに実証されている奥の手をついに出した、とベリーは思った。体制に責任を転嫁する切り札。

「〝異花授粉〟は、まさにインテリジェンス・コミュニティがやっているはずのことでしょう?」アンジーがきいた。

「あなたは現在ではなく9・11の時代に生きておられる、ミズ・ブラナー。うわべだけの協力――じっさい、表面だけの協力――は、元CIA局員のエドワード・スノーデンが国家安全保障局《NSA》の機密情報を漏らすまで、十年しかつづかなかった。だれにも非難できない――ましてルイス少佐は、自分の工作員の生命と秘密に責任を負っていたんだ。いまはどんなちっぽけな情報でも隔離される。そうせざるをえない。憤懣《ふんまん》やるかたないが、それにはもっともな理由がある。ニューヨーク市警《NYPD》とワシントンDCの首都警察《メット・ポリス》は、他の機関と情報を共有している。海軍情報部もそのシステムの一部だから、われわれの情報が暴かれ、ルイス少佐の自宅周辺の監視カメラが切られ、ロウアー・マンハッタンの監視カメラもおなじように切られた。われわれが情報を共有し、相互に接続されているから、逃げられることが犯人にはわかっていた。つまり、あなたがたの提案のせいで、あんな大胆な犯行が引き起こされたんだ」

みごとな演技だと、ベリーは思った。今回の提督の主張は、まちがっていない。

「つまり、これが終わったら自分の部門以外のシステムを立て直せといいたいんだな」ミドキフはいった。

「どのシステムのことですか?」アンジーが問いかけた。「接続されていたテクノロジーのこと、それともシステムのひとつの欠点《チンク》を大袈裟《おおげさ》にいい立てて、密接な関連がある質問をかわすこと?」

「このご婦人がいうのはひび《チンク》ではなく亀裂《カズム》のことだね」ネイサンが応じた。

アンジーは、表現をとがめられたことよりも〝ご婦人〟と呼ばれたことに憤慨していた。

「わたしたちの抱えている最大の問題がなにか、知りたくないですか？」ベリーは割ってはいった。「家が燃えているときに、マッチの安全性について議論していることですよ」

その発言で、全員がコーナーに追い込まれた。

一同がおたがいとベリーを批判する目つきを見て、失う官職がなくてよかったとベリーは思った。そして、チェイス・ウィリアムズのためにメモをとる作業に戻った。

「よし」ミドキフがいった。「その話をこれで終えるとして、この先、なにをやるんだ、ネイサン提督。ハミル夫人の状態は？」

「体調も精神状態も、ほぼ変わっていません。われわれは彼女と話をしました。夫がどこへハンティングに出向いたのか、見当もつかないそうです。最後の数回は、なにも獲物を持ち帰らなかった――でも、がっかりしたようすではなかった。たしかこういったと――彼女は記憶しています――〝熊〟を捜して山歩きをしたのだと……しかし、彼女は混乱しているのかもしれない。ハミルは森から電話したり、メールしたりすることはなかったそうです。ハミルが野外から写真を送ったかもしれないと思って、彼女の携帯電話を調べました――なにもなかった。ハミル大佐は、仕事の性質を心得ていたようです」

「法執行機関や、ほかの情報機関から、どんな助力が得られるのか？」

「大統領、情報を外部に漏らすのを禁じた理由が、もうひとつあります。ダークウェブのハッキングの電子的な侵入点は、われわれの不正規戦中央情報センターへの衛星アップリンクでした。海軍支援施設《NSA》は部品供給網を通じて、その情報と結び付いています。ハミル大佐の正体が暴かれたことから、ルイス少佐が知る人物か、フィラデルフィアNSAの何者かが、彼の活動のことを知ったのではないかと推測しています。そのため、メカニクスバーグNSAの人間を呼び寄せました」

「そう推測した理由は？」ベリーはきいた。「ダークウェブのオーバーレイは、北朝鮮やロシアなど、どこでも創れる」

「そのとおりです。しかし、ハミル大佐がそれを捜査していた可能性はかなり低いでしょう」

「銃器密売人のタイキニスが、カルテルのことを口にしている」アンジーがいった。

「それも考えられるが、ONIは麻薬取締局《DEA》の作戦に興味はないし、管轄もちがう」

「賢明にも」ベリーはいった。「DEAは自分たちの潜入工作員の身許をFBIにも明かさないだろう。友軍相撃の危険は大きい」

「カルテルに言及したのは、本人のことだけが問題ではないからよ。ベネズエラやキューバを経由して、危険な兵器を彼が旧ソ連の共和国に密輸していたと聞いている」

「密輸ではない」ハワードがいった。「ほかのカルテルや政府に目こぼししてもらうためにそういう経路を使っているんだ。中古の危険物用コンテナで、国境を越えて毒物を運ぶのは、危険が大きい。こぼれ落ちた毒によって形成された死の足跡をたどれば、運び出された源がわかるからな」

その情報をウィリアムズに伝えるために、ベリーはメモをとった。ハワードのいうとおりだが、じわじわと漏れるコンテナでも、テロリストは武器投射システムとしてほしがるかもしれない。

「本題に戻ろう」ミドキフが、いらだちをつのらせながらいった。「ハミル大佐が退役後も連絡をとっていた人間が、NSAにいるかどうか、わかっているのか?」

「後任のアン・エレン・マン大佐がそのひとりです。ここ数カ月の彼女の連絡と動きを確認しています。ほかにもいるかどうか、調べているところです」

「いまも、悪党どもにわたしたちがやっていることを見張られていると思っていたほうがいいのね？」アンジーがきいた。

「いや、自分たちのシステムを切ったときに、彼らは監視できなくなった。それもこれを部内に収めて電子網を使わない理由のひとつだ。即動可能な情報をつかんだらすぐに突入できるように、拡散抑止部の秘密部隊に準備を命じてある。手の内を明かしたくない」

「どこへ突入するんだ？」ハワードがきいた。

「重要参考地点」ネイサンが答えた。

アンジーが短く探るような目をこちらに向けたことに、ベリーは気づいた。彼女はおなじことを考えたにちがいない。ミドキフは拡散抑止部の作戦を許可せざるをえないが、その部隊はブラック・ワスプのことを知らされないだろう。現場で両者が遭遇した場合、ウィリアムズのチームは敵とみなされるかもしれない。そういう動きが差し迫っているようなら、ウィリアムズに知らせなければならない。

「わかった」ミドキフはいった。「これをＯＮＩが自力でやるように任せたとして、いつごろに結果が出る？」

「大統領、まだ我々は――」

「おおよその予定は？」ミドキフは厳しい口調でいった。

「今夜中には。申しわけありませんが、それ以上詳しいことはいえません。われわれのすべての資源が、それにあたっています。当面、避けたいのは、他の部局が縄張りをものにしようとしてあせるか、事情をよく知らないで、そこに侵入し、敵の足跡を消してしまうことです」

ハワードは首をふった。「馬鹿げている。最初にこれを完全に見過ごしていたのはONIなのに、きみは猶予《ゆうよ》をくれといっている」

「ミスター・ハワード、だれもが見過ごしていたんです」ネイサンは答えた。「国土安全保障省には、ダークウェブを見張る一部門がある。それが見過ごした。FBIは国内テロリズムを監視している。彼らも見過ごした。国家偵察局《NRO》は最初の情報をルイス少佐に提供した武器密売人の動きを監視していた。捜査そのものが危急の重大事を引き起こすとルイス少佐が思ったのなら、上官に伝えるべきだったし――伝えていたはずです」

「暗殺二件と殺人一件」ハワードがいった。「一方的な宣戦布告。それは〝危急の重大事〟ではないのか？」

「あと知恵があなたの特技のようですな」ネイサンが鋭い口調でいった。

ベリーは、心のなかで喝采した。ネイサンは一線を越えたが、ハワードもそれはおなじだった。

ミドキフが、厳しい視線というよりは疲れたような目で、吠えている犬二頭を眺めた。何年ものあいだ、このくりかえしだったという目つきだと、ベリーは解釈した。

「わかった。われわれは不注意だった」ミドキフはいった。「だれだって、愉快なはずがない。マット、われわれの予定表について、ききたいことがあるだろう」

あらかじめ決めてあった手順だった。オプ・センターはできるだけ多くの情報を必要としているし、ベリーがそれを入手する立場にある。ネイサンとハワードは、すこしびっくりしたようだった。

「アンジーもくわわっていますよ」ベリーは、仲間を増やすためにいった。「昨夜のことについて、いくつか埋めたい間隙《ギャップ》があります」

「わたしにできることなら」ネイサンがいった。

「できれば、きのうのルイス少佐の動きをたどってくれませんか」

「記憶に頼るしかない――さっきもいったように、電子的なことは使えないので」

「それでだいじょうぶだと思います」

「午後十一時二十四分、ルイスはソフィア・ハミルの携帯からの電話を受けた」

「すこし戻りましょう。電話の前の少佐の行動は？」

「友人と食事に行った。〈ベッポの店〉に予約をとったのでわかっている。相手は女性だった。給仕長に話を聞いた。ルイスはくつろいだようすで、笑っていたそうだが、それしか聞けなかった」

「相手の女性の監視カメラ映像は？」ハワードがきいた。「あるいは、それもブラック・オーダーに切られていたのか？」

「切られていなかった。ルイス少佐は軍服を着ていなかったし、食事の相手の女性は鍔《つば》が垂れたフェルト帽をかぶって、スカーフを巻いていた。ノーブランドのショルダーバッグと――」

「つまり、私的な食事だった」

「われわれにわかっているかぎりでは。少佐はＰＤＰに署名していなかった。彼女の私用メールとソーシャルメディアのアカウントにアクセスする裁判所命令を取り付けたばかりだ」

個人データ提供同意《PDP》は、政府の特定の雇用者が被雇用者のメールのアカウントにアクセスすることを許可するものだった。ルイス少佐がそれを認めていなかったことは、ブリーンにとって意外ではなかった。軍は外部での政治活動に寛容ではないし、ルイス少佐の履歴書にルシンダ・プロジェクトの詳細は記されていない。

「少佐は非番だったのですね？」ベリーはきいた。

「そうだ。それに私服だった。つまり、ブラック・オーダーとハミル大佐の任務に、意識が向いてはいなかった。少佐が外出してたときに、ハミル夫人から電話がかかってきた。ウーバーを呼んだ直後だった。車に――運転手によれば独りだった――乗ったあとで、ルイス少佐は副官のキャサリン・セイバル大尉に電話をかけた。これから家に帰るといったそうだ」

「セイバル大尉は、どうしてまだ勤務中だったのですか？」

「大尉は午後六時から午前四時までの当直だったのだと思う。タブレットのところへ行って連絡するから、指示を待つようにと、ルイスはセイバルにいった。セイバル大尉は、このプロジェクトのことを知らされていなかった。ルイス少佐から、連絡はなかった」

「タブレットは？」

「火事で溶けた。だが、少佐は上官のジャレド・チプキン大佐に一般警報を伝え、契約専用資産《COA》ひとりが殺されたようだということだけ知らせた。それで10Ｍが１Ｂに格上げされた――死亡が確認されると、１Ａになった――そして、情報がすべて外部に遮断された」

「スパイがいるか、リークがあると、少佐は恐れたんですね」

ネイサンはうなずいた。

「海軍の人間ではないだれかに、少佐が情報を打ち明けたのでは？」アンジーが質問した。「友人か、他の部局のおなじような立場の人間に？」

「少佐の仕事用の機器には、なにもなかった。家族の話を聞こうとしている――想像はつくだろうが、かなり動揺している。大学時代の友人を何人か見つけたが、関係がありそうなことは、なにもわからなかった。ビルの近所の住人は、ルイス少佐には好感が持てたが、付き合いはないといっている」

「ハミル夫人から話を聞くことについては？」

「彼女はまだ最初の手当ての影響が残っている」

「なにが投与されたか、わかりますか？」

ネイサンが、しばし考えた。「ハロ、なんとかいう薬だ」

「ハロペリドール？」アンジーがきいた。

「それだ」

「かなり強い薬ですよ」アンジーがいった。「だれが処方したのですか？」

「救急車に乗っていた海軍医官で、わたしが同意した。その医官や、ＥＭＴのそのほかの医師の話を聞いた。ハミル夫人はいうことが支離滅裂で、わめき散らしていたし、伝えられる情報は信頼できなかった。浅黒い顔、ささやき声、痛みのことをいっていた——ナイフの切っ先で刺されたとおぼしい切り傷が、脇腹にあった。夫が熊《ベア》をハンティングしていたとか、なにかに耐えられない《クドゥント・ベア》というようなことをいっていたが——はっきりとはわからなかった」

「ペンシルヴェニア州には熊が二万頭います」ベリーはタブレットを見ながらいった。

「ＯＮＩは熊に興味がありますか？」

「ジョークかね？」

「ちがいます、提督。ソ連はカリフォルニア州の熊に狂犬病を感染させようとしました。木材の伐採が安全ではなくなるように」

「わたしの知るかぎりでは、ミスター・ベリー、だれもそれに関心を抱いていないようだ」

ベリーは、話し合いのメモをウィリアムズに送った。

ネイサンが、なおもいった。「もっと直近の懸念は、そういう状態のハミル夫人が家から運び出されたせいでパニックを起こすかもしれないということだった」

「監視カメラがまだ作動していません」ベリーはいった。「フィラデルフィア市警が、最初に到着するかもしれない」

「そのとおりだ、ミスター・ベリー。わたしはその決定を承認した」ネイサンは、ミドキフをじっと見た。「大統領、われわれは大規模な積極的捜査を行なっています。シットランドくその国に戻りたいのですが」


ネイサンがいうのは、ONI本部のニミッツ作戦情報センターがあるシュートランド連邦政府庁舎のことだった。

「これで終わりかな？」ミドキフが、タブレットのキーボードを叩いていたベリーのほうを見た。

「もうひとつだけ」ベリーがいった。「ハミルの家に殺し屋が侵入した方法について、なにか明確になったことは？」

「ドアをあけるには、警報装置に接続されたキーパッドに四桁の暗証番号を打ち込むようになっていた。警報装置が切られていたようだった」

「つまり、ドアはロックされていなかった」

「そのようだな」ネイサンが同意した。

「ハミルは情報活動に携わっていて、フィラデルフィアに住んでいて――それに、確認したのですが――正面ドアがＳＥＰＴＡのバス停から二メートルしか離れていなかった。それだと警報装置が切られていたのはつじつまが合わないんじゃないですか？」

「あなたは結婚しているかね、ベリーさん」

「それがどういう関係があるんですか？」

「答えてくれ」ネイサンがしつこくきいた。

「いまは結婚していません。理由は？」

「家内とわたしは、相手がゴミを捨てにいくか、ガレージのライトを消しにいくようなときには、気を遣う。今回もそうだったんじゃないか」

「なるほど」ベリーはいった。「たしかに」

「すまないが」ハワードが、指を一本立てた。「行く前に、提督、マスコミは襲撃三件をまだ結び付けていない。大統領、そうなったときには、だれが対処するのかね？」

「ライト知事も、おなじことをききました」アンジーがいった。

「わたしの報道官もだ」ミドキフがいった。これまではそれが優先事項ではなかったことが、明らかだった。

「声明発表は、できるだけ小規模にすべきです」ハワードがいった。「東の間で発表すれば、そんなにひろがらないでしょう」

「ここで声明を出せば、この戦争とやらの当事者を正式に認めることになる」ミドキフはいった。「海軍の広報が扱えば、とにかく当面は小規模に見せかけられる」

「それはどうでしょうか」ベリーはタブレットから顔をあげながらいった。「軽くあしらわれたことに、テロリストがどう反応しますかね？」

「わたしもおなじ懸念を抱いています」アンジーがいった。「意思表示があまりにも小さかったら、撮影現場《セット》を死体の山にするでしょう」

ベリーは思わず顔をそむけた。ハリウッド流の表現は、無分別だし違和感があった。

「それでなにひとつ変わりはしないと思う」ネイサンは廊下に出るドアに行きかけていたが、ふりむいた。「彼らはずっとメディアをもてあそんできた。フィラデルフィアとワシントンＤＣの情報が不足しているが、とにかく生々しい映像は、朝のニュースになった。ニューヨークの襲撃は、東海岸の昼のニュースになった。どういう計画があるにせよ、細かく仕組まれているにちがいない」

「ライト知事もおなじ意見だと思いますが、〝恐怖《テラー》〟のたぐいの言葉は使わないようにお願いします」アンジーがいった。

一同が凍り付いた。

「なぜだ？」ベリーがきいた。よろこんで弾丸を食らうつもりで、嫌悪があらわになっていることをむしろ望んでいた。

「犯人の身許も関心事もわかっていないからよ。こうすれば、大衆は従来型の容疑者だと解釈する」

「ＩＲＡ？　日本のオウム真理教？」

「馬鹿にしないで、ベリーさん」アンジーがいった。「わたしがなにをいいたいか、はっきりわかっているはずよ」

「アンジーに賛成だ」ミドキフがいった。「しかし、人種問題の扱いが難しいからではない。できるだけパニックを抑えなければならない。とにかくもっと情報が得られるまでは。恐怖を煽《あお》る言葉は避けよう。それに海軍から公表されても、犯人はもっと表立ったことをやるかもしれない。いまわたしたちは目を光らせているから、彼らの足跡を見つけられるかもしれない」

ベリーは、肩をすくめた。アンジーは口を一文字に結び、なにもいわなかった。

「広報に伝えます」といって、ネイサンが出ていった。

「愚かな対応よ」アンジーがいった。

「とにかくまっとうな対応だ」ベリーはいい放った。

当然ながら、アンジーの憤懣が一同のなかでもっとも激しかった。この調子だと、問題がライトに先送りされるだけではなく、大統領就任そのものにも悪影響があるからだ。

ハワードが立ちあがり、大統領を見つめた。「報道官に当座はＯＮＩにその都度、照会するようにと伝えます」

「ありがとう」ミドキフはいった。

ハワードは、ネイサンにつづいて出ていった。ドアが重いガチャッという音をたてて閉まった。

ミドキフが作り笑いを浮かべた。「わたしの好きな音でもあり、嫌いな音でもある。キャリアの官僚や責任を転嫁する高官を締め出すことができるが、その連中が引き起こした問題が、ここに封じ込められる」

アンジーは、感想をいう気分ではないようだった。ミドキフはベリーのほうを向いた。「オプ・センターがネイサンやＯＮＩよりも先に進んでいるといってくれないか」

ベリーは、メモの最後の部分をウィリアムズにメールで送り終えてから、大統領とアンジーをじっと見た。にやにや笑っていた。

「チームはハミルの家へ行き、そこでチェイスがみずから偵察しました。いまはＮＳ

Aに向かっています。NSA司令のマン大佐と話をするためです。しかし、特ダネはそのことではありません」ベリーは身を乗り出した。「彼らは、ハミルの家にセキュリティシステムを提供していたストラウド・セーフ・アット・ホームという会社が関与しているかどうかを調べるつもりです」

「その会社の利害関係は？」ミドキフはきいた。

「まだチェイスにもわかっていません」

「だったら、理解できない――」

「大統領、わたしはその会社のことを調べて、チェイスに知らせました。ストラウド・セーフ・アット・ホームが扱っているのは、ハミルの家のセキュリティだけではありません。NSAなどのそのほかの軍の設備や、ペンシルヴェニアとニュージャージーのあちこちの住宅のセキュリティも請け負っています」

ミドキフは、あまり感心していないように見えた。「だったら、ハミルがそこを使っていたのも当然だろう」

「取引として有利かどうかという問題ではありません」ベリーはいった。「ネイサンがいったことを聞いたでしょう。不正規戦中央情報センターが、ダークウェブのアクセスの侵入点だと――」

「それに、そこはフィラデルフィアNSAと接続していると、ネイサンはいった」急にやる気になったアンジーがいった。「ONIにそれを――」

「だめだ！」ミドキフはいった。「だれにも伝えてはならない」

「フィラデルフィア市警にも？」アンジーがきいた。「彼らは現地に詳しいでしょう」

「わたしたちは、フィラデルフィア市警のことを詳しく知らない。彼らに責任を担《にな》わせたら、高度の国家機密に関する情報も渡すことになる。そうならざるをえない。外国の激戦地に特殊作戦部隊を投入したときのような苦い経験を、ライト知事に味わわせたくない」

アンジーが、嫌悪とあきらめの入り混じった表情で、椅子に背中をあずけた。

システムがけっして変わらない理由はこれだと、ベリーは思った。

11

ペンシルヴェニア州　フィラデルフィア
海軍支援施設
一月十六日、午後二時三十分

一九四二年に建設され、第二次世界大戦中は海軍航空支援補給処と呼ばれていたフィラデルフィア海軍支援施設は広さ一三四エーカーで、地元の海軍部隊を支援する倉庫と事務施設がその大部分を占めている。現在、基地に置かれている主な組織は、国防兵站局と海軍補給システムズコマンドだった。そのほかの部隊は、空軍医療及び繊維研究所と中部大西洋陸軍募集大隊に含まれていた。

ストラウドが海軍と契約しているという知らせは、ブラック・ワスプがその基地に近づいたときに届いた。

「意外ではないですね」ブリーンがいった。「軍はなんでもまとめ買いをする」

「つまり、そこでは、いうことに用心しないといけないんだろうね」リヴェットがいった。「ビッグ・ブラザーが聞き耳を立ててるかもしれない」

「それはどこでもおなじよ」グレースがいった。

「イエメンはちがってた」

「あのときわたしたちは追われてたし、だれも英語をしゃべってなかった」グレースは指摘した。

「それでもルールはルールだろ、ちがう？」

グレースは、反論をあきらめた。

拡散《C》抑止《P》部の作戦があるかもしれないという情報については、ウィリアムズもブリーンも心配していなかった。海軍がフィラデルフィアに部隊を投入することはあり得ないし、あらたなターゲットはまだレーダーに捉えられていない。いまのところは。

あらたなターゲットが明らかになったときには、われわれが最初に突入しなければならないと、ウィリアムズは思った。ウィリアムズのチームが他のチームを出し抜いて目標を達成するのは、自分自身の成功にもつながる。

ゲートに近づくと、ブリーンはタブレットの蓋《ふた》を閉じた。「ハミル夫人は医療クリニックに運ばれた可能性が高いでしょう」

「そうだろうが、まずマン大佐に会わないといけない」

「いいんですか？　その大佐とは知り合いなんですか？」

「評判すら知らない。しかし、向こうはわたしのことを知っているだろうし、捜査の主流から自分ははずされたと感じているだろう。それで仕事がやりやすくなる」

「情報を集めるだけなんですか？」リヴェットがいった。脇役を演じるのに慣れておらず、見るからに落ち着かないようすだった。

「そうだ」

「ブラック・ワスプのことを話すつもりですか？」グレースがきいた。

「話さない」ウィリアムズは、ルームミラー越しに見て、にやりと笑った。「海軍の絆《きずな》はだいじだが、われわれの命と任務を危険にさらすわけにはいかない」

「念を押しただけです」グレースがいった。

「それが当然だ」ウィリアムズはいった。戦士のリヴェットとグレースは、うとんじられているように感じているにちがいない。ブラック・ワスプのこれまでの二度の遠出でもウィリアムズとブリーンが采配《さいはい》をふっていた。

正面ゲートにある煉瓦《れんが》造りの低い警衛詰所に、バンが近づいた。アトラス・ハミルに弔意を表わして、国旗が半旗になっていた。車の流れを一列にせばめるためのコンクリートの警備用障害物が、その横にあった。障害物はわりあい新しく見えた。上を旋回している港の鳥の糞《ふん》があまりついていない。直径五センチの金属製遮断器が、一メートルほどの高さで道路を横切っていた。その向こうには、タイヤをパンクさせる仕掛けがあった。

基地への進入路にはほかに車がいなかったし、バンをとめたとき、ウィリアムズは帰郷したような心地を味わった。軍服、標識の形と色、サイドウィンドウをあけたときに漂った海のかすかなにおい。すべてアメリカ海軍から大歓迎されているようだった。それを最後に感じてから、いったい何年たったのだろう──六年、それとも七年だったたか。

警衛が運転席側に来て、きちんと敬礼した。

「提督。フィラデルフィアNSAにようこそおいでくださいました」

ウィリアムズは答礼して、警衛の名札を読んだ。「ありがとう、エドワーズ兵曹長。暗い日だね」

「はい、まったくです。どのようなご用件でしょうか?」

「チェイス・ウィリアムズ海軍大将と連れの一行が、マン大佐に面会を希望しているのだが」

「大佐はそれを知っているのでしょうか？」

「いや。今回の出張では当初ここに寄る予定はなかった」

兵曹長の肉付きのいい顔に、驚きの色がひろがった。チームのあとの三人のほうを覗き見てから、うしろにさがった。「大佐に電話します、提督。わたしにやれるだけのことをやってみます」

「重ねて、ありがとう」

兵曹長は、もうひとりの警衛がずっと見張っていたところへ戻っていった。

「おれがそんなことをいったら、憲兵《MP》か先任警衛兵曹《MA》かだれか、ここにいる連中を一個分隊、差し向けられるだろうね」リヴェットが、前方を覗き込んでいった。「それとも精神衛生課長を」

「警備を強化しているようすはない」ブリーンが、周囲を見ていった。

「敵が何者かわからないんだから、やりようがない。だれに見張られているか、見当がつかないわけだから」ウィリアムズはいった。

「見張りなら屋根の上にいて、おれたちに狙いをつけてますよ」リヴェットがいった。北東の二階建てのビルを指差した。「遠隔操作の五〇口径。給弾ベルトは百発入りらしい。距離一三七〇メートルから、厚さ一九ミリの装甲鋼板を撃ち抜ける。警衛の横を通り抜けようとしたら、ぶち殺される」

「よく見つけたな」ウィリアムズはいった。「持ち運べるのか？」

「車のシートくらいの大きさにコンプできます。でも、設置されてからそんなにたってない。遠隔操作のオペレーターが、すこし動かしてる——太陽の反射が変わってるんでしょう。まだ調整中なんです」

「ジャズみたいな人間を配置しないのはどうして？　ホワイトハウスみたいに」グレースがいった。

「悪いやつらにもスナイパーがいるからだよ。これだけゲートに近いと、車で突入する前に狙撃兵と警衛を排除できる。あるいは、密輸された兵器を買ってるとしたら、トルコ製の機関銃搭載ドローンもある——八枚ブレード、二百発搭載、応射に対する装甲もある」

「代理物に戦わせるのね」グレースはいった。「新しい〝兵法〟」

ウィリアムズは、現状よりも今後のことが心配だったので、海軍でもだれかが機敏に対応していることに安心した。それに、リヴェットのことが誇らしかった。自分と世間とのジェネレーションギャップをどう見なしていようが、プロフェッショナルへの敬意は変わらないと、あらためて思った。

警衛が得意げに弾むような足どりで……フロントウィンドウに貼るバーコードを持って、戻ってきた。自分の顔写真がそれにプリントされていたので、ウィリアムズはびっくりした。

「これで遮断器があがります。本部《HQ》への指示は、提督のGPSにじかに送られます」

「まわり道をしたら、どうなるのかな?」ウィリアムズはきいた。「前にここに来てから、だいぶたっているが」

「七年八カ月です」警衛がいった。「道をそれたら、こちらで警報が鳴ります。ですが、提督の階級と許可を得ていることからして、大目に見ますよ」

「ほんとうにありがとう」ウィリアムズはいった。

警衛が詰所に戻り、ウィリアムズはバンをゆっくり進めた。

〝遮断器があがるのをお待ちください〟車のシステムが指示した。

「なにもかも代理だ」ブリーンが指摘した。

「われわれはみんな、あと何年で時代遅れになるのかね?」ウィリアムズは感慨を口にした。

「わたしたちがここに来たのは、ELINTにその答が出せなかったからでしょう」

ブリーンが応じた。

　つぎの瞬間、遮断器があがり、道路のスパイクがひっこんだので、ウィリアムズはバンを基地内にそっと進めた。バンがゲートを通過するときに、ウィリアムズはすり減ったボタンを押した。

　狭い通りはただ車が走っていないだけではなかった、打ち捨てられたように見えた。

「どこもだれも出入りしてない」リヴェットがいった。

　ウィリアムズが運転するバンは、最初のビルの列を通り過ぎた。国防兵站局部隊支援部のかたわらの先に、海軍省のオフィス群がある。そこでまわり道をして、駐車場の横を走った。

「満車だな」ウィリアムズはいった。

「それがふつうじゃないんですか？」ブリーンがきいた。

「ＪＡＧがどうかは知らないが、半旗は海軍将兵だけに向けたものだ。民間人の職員はふつう、出勤を遠慮するよう求められる」

「捜査で手がかりが見つかった場合には、民間人も含めた全員がここに来るほうが、ＯＮＩには好都合でしょうね」ブリーンがいった。

「形より実をとるということか」ウィリアムズはいった。自動化されたシステムが示した駐車スペースにバンをとめた。基地本部は真正面にある。

「マン大佐にどういう話をするつもりですか？　それに、当面、わたしたちにできることは？」

「できるだけ事実に近い話をする。わたしの旧友の死について調べるよう、大統領に頼まれたという」

「わたしたちのことを大佐が質問したら？」

「法的な助言のためにきみが来ているという。ジャズとグレースは警護要員だと」

「でも、警護が必要なことが起きるとは思ってないんですね」リヴェットがいった。

「そのとおり」

　リヴェットは肩を落とした。

「マン大佐にききたいことは数多くある。彼女しか知らないようなことだ。話をしているあいだに、きみたちにやってもらいたいことがある」ウィリアムズは、ＧＰＳの地図を指差した。「ハミル夫人がこの海軍医療クリニックにいるかどうか、知る必要がある。ようすを見にいってくれ」

「面会の許可は得られないでしょう」ブリーンがいった。

「どれほど許可を得たいんですか？」リヴェットが熱意を燃やしてきいた。

「ここで拘束されるわけにはいかない」ウィリアムズはいった。「それを頭に入れておいてくれ」

「車でそばを通って、おかしなようすがないか見届けます」ブリーンがいった。「迎えにきてほしいときに、メールしてください」

「それでいい」ウィリアムズはバンをおりながらいった。ブリーンが運転席側にまわった。

「ちっともよくないと思うな」リヴェットがいった。「なかにはいって五分いるほうが、五時間も表にいてなにもわからないよりましだ」

「そうかもしれない」ブリーンはいった。銃のほうへうなずいてみせた。「しかし、そんなことをしたら、ここから出られなくなるかもしれない」

リヴェットがシートで体を低くして、ブリーンがゆっくりとバンを前進させた。

＊

ウィリアムズは、わりあい暖かな陽射しのなかに立ち、脚と指をほぐして、基地のウェブサイトを携帯電話で見た。アン・エレン・マン大佐の短い履歴を読んだ。マン大佐はマイアミ生まれで、ウィリアムズとおなじように海軍士官学校を出ていた。ウィリアムズとはちがって、士官学校で毎学期、教育長の優等生名簿に載っていた。パシュトゥー語を話すことができて、アフガニスタンでは通訳をつとめ、チヌーク・ヘリコプターを撃墜したタリバン戦士の一団を発見して殲滅《せんめつ》する二〇一一年八月の隠密作戦に参加した。ヘリコプター攻撃では、海軍特殊戦開発群《DevGru》（SEALチーム6とも呼ばれる対テロ特殊作戦部門）に属するSEAL隊員十七人を含む三十人のアメリカ軍兵士が死んだ。特殊部隊の目的は達成されたが、当時大尉だったマンは——デスクに手錠でつながれながら重要情報を提供した爆弾造りを衝動的に護ろうとして——腰に銃弾一発を受けて、ドイツのラントシュトゥール地域医療センターに五カ月入院した。海軍長官勤務指針7（トーマス・モドリー海軍長官代行が毎週発していたヴェクター［勤務指針］のひとつ）の海軍力教育報告は、マンが〝経験豊富な〟将校のトップ五パーセントに属すると述べている。

　そういう通訳兼戦闘員が、どうしてここで補給線を司っているのだろうと、ウィリアムズは怪訝に思った。それに、保全適格性認定指定《セキュリティクリアランス》を降格されたのをどう思っているのだろう。タリバン掃討任務では、機密情報を得るために地元の人間を訊問しているから、中程度の資格、つまり〝極秘《シークレット》〟を知る資格があったはずだ。ここではおそらくその下の〝秘《コンフィデンシャル》〟を扱う資格しかないだろう（三段階の区分の最高は機密［トップ・シークレット］）。すなわち、どういう兵器やシステムをどこへ輸送するかを知ることしかできない。

つまり、マン大佐はブラック・オーダーについてはなにも知らないだろう。彼女が面会に応じたのは、なにかわかるかもしれないからだ。ウィリアムズは機密情報を明かす〝曙光《しょこう》〟になるつもりはなかった。

ウィリアムズは、基地本部に向けて歩きつづけた。なかにはいり、警衛の敬礼に応えて、司令室に案内された。暗い照明に目を慣らすために、ゆっくり歩いた。壁の歴代司令の写真のそばを通った。だれかがアトラス・ハミルの写真に黒い薄布をかけていた。

副官が立ちあがって敬礼し、ウィリアムズに奥へ進むよう促した。

司令室は狭く、日当たりがよかった。ウィリアムズがはいってゆくと、マン大佐がすこし苦労して立ちあがり、敬礼した。一八〇センチくらいの長身で、沈痛な面持ちだった。睡眠不足のせいか、ハミル大佐のことを悲しんでいるからなのか、それとももっと深い理由があるのか、ウィリアムズにはわからなかった。その三つが重なっているのかもしれない。将校はきつい軍服の下に大量のゴミをため込んでボタンをかけるものだ。

「会ってくださってありがとう」ウィリアムズは、答礼しながらいった。

「おいでいただいて光栄です。お世辞ではありません。どうかおかけください」

ウィリアムズは笑みを浮かべて、革の肘掛け椅子にそっと座った。アトラスが司令に就任したころからある古い椅子の革には皺が寄っていた。ウィリアムズはつかのまほろ苦い思いを味わった。

マン大佐が、かなり苦労して腰をおろした。「ご訪問は私的なものですか、それとも公的なものですか？」

「両方だ。ハミル大佐は知人だった。彼はとても好かれていた。士気がどうなのか見てきてほしいと、大統領に頼まれました」

「わたしの？　それとも基地の？」

「両方だ」

マン大佐が、感謝をこめて笑みを浮かべた。「提督は正直で明晰《めいせき》だという評判ですね」

「わたしは相手にもそれを要求する。おべっかはだれのためにもならない」

「わたしの経験では、苦情をいうのも無益です」

「あなたと基地についてわたしの質問に正直に答えてくれれば、困ったことが起きたときに解決する」

「わかりました」マン大佐がいった。「命令に従ってオフィスに一日詰めているあいだ、まず自分の士気に取り組むようにしています」

「その命令はだれが出したんだ、大佐？」

「ゴンザレス中将です。海軍サイバー・コマンドの」

その情報は、大統領の最初の会議で述べられたことと一致した。USCYBERCOMは、その上部組織の統合戦闘コマンドだった。ネイサン提督は、緊急にフィラデルフィアNSAの安全を確保する必要があると判断し、上層部に働きかけたにちがいない。

「士気については」ウィリアムズはうながした。「どうなのかね？」

「低いです。ハミル大佐が亡くなったことも、理由のひとつです。わたしもハミル大佐が好きでした。みんなそうなので、こうなっているんです。海軍大佐が連続して殺されるのを心配しているわけではありません……ハミル夫人について書かれていることを、お読みになったでしょう。診断書に書いてありますから」

「読んだ」

「だれであろうと殺すという警告の部分が、基地中にひろまっています。この基地が戦争の目標になるのではないかと、基地の人員はみな思っています」

「そういう情報はつかんでいない、大佐。自動化された機関銃は――?」

「副司令のホール中佐と相談し、セキュリティアドバイザーが作成した計画を見直しました。作成したのは――」

「ストラウド社もそのチームにくわわっていたのか?」

「直接関わってはいませんが、システムのその部分は、ストラウド社が用意した最初の報告書に含まれていました。なので、機関銃の銃塔を用意し、道路の通行を禁止するという予防措置を、USCYBERCOMに進言できました。それに、提督がおいでになったことで、重要な事実がわかりました」

「どんな事実だ?」

「わたしが決定すべきだった事項まで、どうして許可を得なければならなくなったのかということです。大統領は通常とはちがう経路で、提督をここに派遣しました。ゴンザレス中将は、警衛兵曹をメカニクスバーグから呼び寄せました。それで思ったんです。海軍部内で漏洩《リーク》があるんですか?」

「そういう憶測がある」ウィリアムズは、多くを教えたくはなかったが、マン大佐の洞察を軽視することはできなかった。

「それで、わたしが容疑者なのですか、提督?」

「脅迫を無力化するまで、そう想定することにしよう」

マン大佐が、淡い笑みを浮かべた。「まあ、さっき申しあげたとおり――正直ですね」両手をデスクに置いて、それを見つめた。「提督、どちらの大統領の耳になっているのですか？　現大統領？」

「そうだ」

「よかった。わたしがこういうことをいっても、大統領は忙しいからわたしを退役させるひまはないでしょう」マン大佐が、ウィリアムズの顔を見た。「海軍に失望していることを表明したいと思います。提督がおなじ意見でしたら、最高司令官である大統領に、わたしが砂漠から遺体を、友人たちの遺体を掘り起こし、認識票が読めるように黒焦げの肉をこそげ落とし、砂を払い落とすのを手伝ったことを伝えてください。キリスト教徒の女性どころか、どんな女性も行くべきではない土地をわたしが歩いたことを伝えてください。それなのにけさわたしは、前任者が殺された場所に足を踏み入れてはならないといわれたんです。あからさまにいえば、提督、わたしの士気がガタ落ちなのは、そのためです」

「失望するのが当然だ。わたしだってそうなる」

「ありがとうございます。ひとつ意見をいってもいいですか？」

「思っているとおりにいいなさい」

「海軍が秘密保全について不安を抱いているのなら、ここへ来て、ここを使用している十四個コマンドとそこの将校たちのことを質問すべきです。彼らはまったく調べられていない。その代わり、この基地をロックダウンし、情報をあたえるのを拒み、セキュリティをアウトソーシングしている。わたしたちの士気がこんなふうなのは海軍がそう仕向けたからだと、大統領に伝えてください」

「海軍はきみたちの士気で成り立っているんだ、大佐」

「はい、おっしゃるとおりです。ですから、従軍牧師部から人数をよこしてほしいと要請したんです。まだ海軍から応答はありません」

マン大佐が本気でそういっているとわかったので、ウィリアムズははじめて心からの笑みを浮かべた。部屋のなかの緊張が一気にゆるんだ。

「大佐、ハミル大佐とはどれくらい親しかったんだ？」ウィリアムズはきいた。「毎日会っていたのか？　それとも毎週？」

「それほどではありませんでした」マン大佐がいった。「大佐が来たときに会っただけです。お付き合いはありませんでした。毎年のクリスマスパーティを除けば」

「自分がやっている物事について彼が話したことは？」

「ハンティングによく行くといっていました。うれしそうでした」

「どこでハンティングをやっているか、話したことは?」

マン大佐が、ちょっと考えた。「州の西部。具体的な場所はいわなかったと思います」

「写真を見せたことは?」

「二度あったと思います。殺した獲物といっしょにポーズをとるようなひとではありませんでした。彼が設立した困っている退役軍人向けの組織のために、退役軍人委員会のメンバーといっしょに鹿を車からおろしている写真です」批判するような目つきになった。「ハミル大佐は、不正行為をやっていると疑われていたんですか? これはそういうことなんですか?」

「ちがう」ウィリアムズは、ハミルの名前を汚さないように、ひとことできっぱりと答えた。そのために自分の評判を――ひいては国の安全を――危険にさらす覚悟を決めていた。

「彼がだれかといっしょにハンティングに行ったかどうか、知らないかな?」

「そうだったとしても、そういう話はしませんでした。わたしがハミル大佐と会うときは、ほとんど、順調かどうかをわたしにききにくるためでした。助言がほしいか、なにかについてだれかの言動を正したいか、といったことです。大佐はきっと、わたしがデスクに縛られ、陸に閉じ込められて、ここで完全に満足していないのを知っていて、特別に気を遣ってくれたのだと思います——そう感じています」

「退役後、ハミル大佐は、懸念、恐怖、身の危険といったようなことを近ごろ口にしたか？」

「いいえ」マン大佐は首をふりながらそういってから、言葉を切った。「ああ、いったかもしれません。ハンティングに行くことについて、わたしがひとことといったときに、今回の獲物はまったくちがうから、楽しみにしているといいました。わたしは聞き流しました。文字どおりに受けとめたからでしょうね。鹿ではなく七面鳥だというように。でも、あとで思い返しました。ただ獲物の種類が変わるのではないような、おかしな表情だったんです。狩る対象への注意力がまったく異なる、というような」

「ここにあったハミル大佐の以前のコンピューターのファイルは」ウィリアムズはいった。「ロックされたのか？」

「溶接されました」

「なんだって？」

「自分のコードが外部の部局に上書きされることを、ここのＩＴ専門家がそういっています。わたしはハミル大佐のパスワードを知っていました。事件が起きたとき、何者かがそれを狙っているのかもしれないと思い、ファイルを確保しようとしました。パスワードはすでに変更され、ファイルは密封されていました」

「だれの権限で？」

「命令には情報群担当ＯＮＩ長官補佐のグレグ・ウェツェルの署名がありました。私の基地に人員をよこした理由を、メカニクスバーグＮＳＡに問い合わせなければなりませんでした」

「そこのＮＳＡ司令は？」

「ウォルター・ヨーク大佐です。どうなっているのかと、ヨークのほうから問い合わせがありました。おたがいにまったく事情を知らされていないんです。そのあとで、ＯＮＩがＤ２を実施しました」

「全人員に？」

「すべての人員に」

Ｄ２とは〝話し合い禁止《ドント・ディスカス》〟命令で、基地間と基地内に適用される。フィラデルフィアＮＳＡのだれかが違法行為に関する疑惑を抱いた場合、たとえ相手がマン大佐でも、話し合うことは許されない。マンとヨークが話し合うこともできない。だれかが真実を知るか、疑いを持つか、たまたま発見して、いうべきではない相手にそれを話したら、アトラス・ハミルのような最期を遂げるかもしれない。この命令によって、全員がONIの事情聴取を待つことが求められる。それに、基地にはこの指令を覆すことができる階級の人間がいない。基地の業務を行なうのに不可欠な人員しか残っていないのは、この命令のためだった。水兵はおしゃべりが好きだし、おしゃべりすれば軍法会議にかけられるおそれがある。

マン大佐が座り直した。「それに、外出禁止令のようなものも出ているんです。わたしは六時までここにいます。そのあと十二時間、ディック・ブランドン中佐が詰めます。よそへ行かず、常時、呼び出しに応じられるようにしなければなりません」

「なるほど」

ウィリアムズは、またしてももっと詳しく話したくなった。だが、ダークウェブ捜査は機密事項で、なにが起きたかを明かす権限はない。

「個人的な質問をしてもいいかな？」ウィリアムズはいった。

「なんなりと」

「海軍人事部に異動要求を提出したことは？」

「六カ月ごとに出しています。却下されるたびに。あいにく、わたしは貴重な広報用の駒《ポーン》なので」

マン大佐は先ほど、苦情は好きではないと明言したこともあって、それ以上いうのをやめた。だが、ウィリアムズは両手をひろげて、つづけていうように促した。

マン大佐はしばらくじっとしていたが、やがて思いを吐き出した。

「女性、戦闘で負傷、基地司令。わたしは《海軍タイムズ》のポスターにうってつけなんです。彼らにとってわたしは、不運を乗り越えた人間。わたしにとってわたしは、不運の犠牲者。ハミル大佐がここにいたときには、そういった理由から、彼が海軍の人間らしい顔のひとつだった。わたしもそうでありたい」

「海軍はじぶんたちの資産に嫉妬しているんだ」

「そういうポジティヴな見かたもあるでしょうね、提督」

「もうひとつききたいことがある。わたしは、任務のためにフィラデルフィアにいつまでいられるかわからない。電話したら、来てもらえるかな？」

「ゴンザレス中将が同意すれば、同意します」

「そうなるように手を打つ」

「それなら、完全に同意します」マン大佐が名刺を渡したので、ウィリアムズはそこに書かれた番号を携帯電話に保存した。「なんのためか、きいてもいいですか？」

「それはいえないが、ここでの任務が終わる前に、信頼できる人間が必要になるかもしれない」

マン大佐の目が生き生きとするとともに、感謝をこめた笑みが浮かんだ。私用の携帯電話の番号を付箋《ふせん》に書き、デスクの上からウィリアムズに渡した。

「必要なときに、いつでもどうぞ。それと、大統領にも伝えてください」

「なにを?」

「わたしの士気はまちがいなく上向いていると」

ウィリアムズは立ちあがり、マン大佐も立った。いまではにっこり笑っている。

「手助けをありがとう」ウィリアムズはいった。

「わたしを参加させてくださって、ありがとうございます。信頼してくださったことに、もっと感謝しています」

ウィリアムズは、何十年ものあいだに無数の水兵や将校の目を覗き込んできた。無数の意気高揚、誇り、心の痛み、肉体的な苦痛、喪失感、失望を見てきた。そういったものが組み合わさり、波のように打ち寄せることもあった。

マン大佐の目には、先ほど口にしたような憤りの気配がまったくなかった。痛みと失望を感じていても、ウィリアムズが訪れたすべての艦橋《ブリッジ》にいたすべての将校とおなじように、揺るぎなかった。傷ついているのかもしれないが、かつて士官学校の学生だったときのような輝きを保っていた。

マン大佐の双眸《そうぼう》は、彼女自身とおなじように、不屈の海軍そのものだった。

12

ペンシルヴェニア州　フィラデルフィア
海軍支援施設
一月十六日、午後二時三十二分

ブリーン少佐は、医療センターに面した縁石にバンを寄せてとめた。セレクターはパーキングに入れたが、エンジンをかけたままで通りの向かいを眺めた。

二階建ての医療センターは、飾り気のない煉瓦造りで、灰色の細い支柱二本が灰色の庇《ひさし》を支えていた。庇の奥にスライディングドア二枚があった。ほかの管理部門のビルとおなじように歴史ある街の過去を呼び起こすようなところはなく、機能的に設計されていた。歴史愛好家のブリーンには、せっかくの好機を逃しているように思えた。

ブリーンは、両開きのドアの左右に立つ先任警衛兵曹《MA》に念入りに注意をはらった。

太陽がそのビルの向こう側にあり、警衛の顔は影になっていた。十二時間の当直を行なっているのだとしても、いまも警戒怠りないように見える。

あるいは、太陽が上を通っても、そこで凍り付いたまま動かないかもしれない。

グレースとリヴェットは、ふたたび左右のフロントシートのあいだから身を乗り出していた。

「提督は、おれたちに偵察しろっていってましたよ」リヴェットがいった。「こんなふうにじっと座ってることじゃないですよね」

「あの歩哨はなにを持っている？」

「武器ですか？　M4A1アサルトカービン」リヴェットがいった。「どうして？」

「SEALが使っている」

「ええ。で？」

「ただの見せかけじゃない」

「そうですよ。だから？」

「きみたちの任務目標を明確にしたいだけだ」

「偵察」リヴェットがそういって、外を見た。「あいつらが仲間の兵士を撃つと、本気で思ってるんですか？」

「だれがわたしたちの味方なのかわからない……向こうにとってもおなじことだ。挑発してそれをたしかめたくはない」

「でも、歩きまわれる」グレースが、リヴェットにいった。「基地にはいる許可証がある」

「ハミル夫人と話をするためにきたんだと思ってた」

「任務変更だ」ブリーンがいった。

グレースは、話し合いに飽き飽きしていた。ウールの裏付きボマージャケットのジッパーを閉めて、袖を曲げのばしして、血の循環をよくするために、両腕をまわし、さっとドアをあけた。「行くわよ」

リヴェットは、バッグに手を入れたくなるのをこらえた。腰のホルスターになにもないのが、気になっていた。

「これは演習でやったことがある」ブリーンがいった。「周辺防御の一角から敵の野営地の構造をすべて突き止める。もしも――仮に――ハミル夫人を連れ出すために戻ってこなければならなくなったとしたら、べつの自動化されたシステムが屋上にあるのかどうかと、その射界を見極める必要がある。警衛兵曹は何人いるのか？　裏のゲートのようすは？」

「ああ、わかってる」リヴェットはいった。バンからおりて、そのうしろにいたグレースと合流した。「南カリフォルニアよ、おまえが懐かしい」といって、マフラーを首に巻いた。

ふたりが歩いて離れていくのを、ブリーンは見守った。ふたりが計画どおりにやるかどうか、いまひとつ確信が持てなかった。リヴェットの小生意気な態度とグレースの一匹狼《おおかみ》のような冷静さが、チームの敏感な特性と不協和音を奏でることがときどきある。だが、そういう特質を育むのは、軍にも責任がある。武装して勇敢に対決することが、彼らの体に根付いている。休廷があり、遅々として進まない法廷での裁判とはちがうのだ、これは一か八かの賭けだともいえる監視で、二種類の危険要因がある。ひとつは三人で話し合ったような危険、もうひとつはまったく予想外の危険。

ふたりが行くのを見送っていたブリーンは、あとのほうの危険が起こりそうだと心配していた。それに、ブラック・ワスプのふたりはなにをやるかを決めて出ていったが、彼らがその計画に従う――あるいは従うことができる――という確信はなかった。ハミル夫人を連れ出すことができれば大成功だが、あのふたりはやりすぎるきらいがある。

バンのエンジンをかけたままにしていたのは、そのためだった。

＊

グレースとリヴェットは、ルート232と平行している通りを歩いていった。ふたりが歩いていたその道路は、六車線の高速道路なみの幅で、中央の二車線が駐車場になっていた。

「ここならすげえストリートトレースができる」マフラーの上から白い息を吐きながら、リヴェットがいった。

グレースは聞かなかったふりをした。自分がじっさいの偵察をやり、リヴェットが偽装の色付けを提供するのだと、演習で知っていた。

医療センターの周囲をざっとまわると、ビルの裏側は表側とほとんどおなじだとわかったが、庇はなかった。両開きのドアがあって、警衛がふたりいて、二階に大きな窓がならんでいた。海軍の人員はほとんどいなかった。寒さのせいもあるだろうが、ロックダウンがおもな原因だろう。

「この基地はバーレーン海軍支援施設を思い出させる」リヴェットがいった。「一度、コンペのために行った。長いこと車に乗らないといけなかったけど、ここよりずっと暖かかった。だから長旅も平気だった」

「軍は〈マクドナルド〉と似てる」グレースがいった。「判で捺《お》したみたいにおなじ。大きさがちがうだけ」

リヴェットは笑った。「もっとましな比較を思いついてほしいね」前方を見ていた。

「前方に自動化されたシステムがある」

「売店ビルの上にあるのを見つけた」

「あっちに?」バンのほうを親指で示して、リヴェットがいった。「おれの銃は必要ないね。歩哨が持ってる。そいつを使えばいい」

「ええ。でもだめ」

「どういうことだよ?」

「歩哨の銃を奪うのはだめ」

「待ってくれ。おれたちはハミル夫人を連れ出すためにきたんじゃないのか? そのために来たんだと思ってた」

「そう思ったのは、バンが走ってるあいだ、あなたがほとんど話を聞いていなかったからよ。四カ月くらい前の演習の教訓。〝ほしいもののリスト〟と〝やることリスト〟のちがいを忘れないこと」

「少佐がいってたことか？　ほとんど理屈だよ。これは現実だ。戦争は現実だ。おい、おれたちは基地で生きてる。自分の家に侵入するみたいなもんだ」

「筋が通らないことをいわないで」

「こういう状況のためだけに訓練してきて、こういう仕事をやるのが専門の精鋭が、ポケットに手をつっこんでぶらぶら歩き、目をぎょろつかせるだけで戦わないっていうのも、筋が通らないよ」

　リヴェットがいうことは、まちがっていなかった。フォート・ベルヴォアへの異動に関する書類に書いてあったことを、そのままいっているだけだ。しかし、グレースはそれとはちがう一面を見ていた。

「ジャズ、提督が正しい。わたしたちが拘束されるようなことがあってはならないのよ」

「拘束されない――」

「黙ってちょっと考えなさい。突入することに決めたときには、全員で突入する。警衛や、阻止しようとする人間をすべて排除する」

「戦争はそういうものだろう」

「そうなったら、あの機関銃が、わたしたちめがけて撃ちはじめる」

「そうはならない。射線を高くしないといけないからだ。さもないと、自分たちのビルの窓を撃って、なかにいる人間に弾丸が当たる。おれたちは体を低くしてればだいじょうぶだ」

「歩哨も銃を持ってる」

「兵隊ふたり対ブラック・ワスプふたりだぜ。心配なのか？　バンが走ってるあいだ、おれは話をちゃんと聞いてた。何度も聞こえた言葉がなんだったか、わかるか？

〝戦争〟だよ。このろくでもないことがこれ以上起こるのを防げるなにかを、病室のハミル夫人が知ってるかもしれないとは、思わなかったのか？」

「あるいは、まだ鎮静剤が効いてて、拉致したら、ブラック・ワスプと海軍の戦闘で、容体が悪くなるかもしれない」

「わかった。それじゃ連れ出すのはやめよう。突入して、顔を叩いて起こし、質問して、立ち去ろう。徒歩で基地から逃げ出し、どこかへ隠れて、居場所を少佐にメールで知らせる」

「ジャズ、黙ってくれない」

リヴェットは、寒さだけではなくいらだちのためにふるえていた。「それに、おれたちがいまやってるのは防御だっていうのをわかってるのは、おれしかいない。だいいち、それはブラック・ワスプの生業《なりわい》じゃないんだよ」

グレースは答えなかった。

「おれたちははじめて、ターゲットのそばを通り過ぎてるんだ」リヴェットがいった。

「みっともないったらありゃしない」

グレースは、それにもまっこうから反対ではなかった。しかし、フィラデルフィアNSAは銃塔があってピラニアがいる鯉《こい》の池だ。相手を殺すつもりがなかったら、攻撃はかならず撃退される。グレースは殺すつもりはなかった。

ただ、偵察はただ観察することではないのもたしかだ。

これまでとはちがい、ここでの選択肢には微妙なちがいがあった。だからこそウィリアムズが先頭に立ったのだ。ターゲットに接近するのに、敵を薙《な》ぎ倒す必要はない。それとはちがう戦術を採用できる。

ふたりはビルの遠い端に達して、バンがとまっているところに向けて右に折れた。バンはまだエンジンをかけたままだった。グレースは状況をすこし念入りに考えてから、医療センターの裏口のほうへひきかえした。警衛のようすを観察した。

「なんだ?」リヴェットがきいた。

「あのひとたちと話をする」グレースがいった。

「なんの話をするんだ？　あいつらはハミル夫人には会ったこともないだろう」

「人間は車のほうへ行くときにおしゃべりをする。ＯＮＩの捜査員がなにかいったのを聞いたかもしれない」

リヴェットは、グレースの向こう側を見ていた。「注意しろ」

「あれだけしゃべったあとで？　いったいなに――？」

「これまで進んできたのとおなじように歩くんだ。バンに戻ろうとしてるみたいに。おれが見てるのは、おれたちの戦争かもしれない」

グレースが向き直って、さりげなくあたりを見た。ふたりの右手に、いま歩いている道路と直角に交わっている道路があった。ブリーンが待っている道路と平行しているが、バンからは見えない。その道路に、オフィスビルがあった。正面の駐車場に、ボディ側面に赤い文字が描かれている黄色いバンがとまっていた。ストラウド・セーフ・アット・ホーム。フロントとリアのシートには、だれも乗っていない。リアドアは閉まっていた。エンジンはかけたままだ。

「ストラウドが海軍と契約してるって少佐がいったとき、おれはちゃんと聞いてた」

リヴェットがいった。

「わかった。あのバンのどこが戦争の一部なの？」

「シートのうしろを見ろ。後部とのあいだに仕切りがある。ボディ側面に小さな銃がある」

「見えないけど――」

「ちがう。アンテナのことだ。アンプリファイドアンテナ。ＱＣＷ‐05サブマシンガンに形が似てるだろ」

白く塗られて、〝ストラウド〟のｄと見分けづらくなっているアンテナを、グレースは見た。「セキュリティ装置からの信号を受信するためよ。たぶんテストしてるんでしょう」

「グレース・リー中尉、あれは受信アンテナじゃなくて、送信アンテナだ。おそらく高解像度の監視動画を送ってるんだろう。ＬＡの警官もおなじものを使ってる。反対側には信号を受信してスクランブルするディッシュアンテナがあるはずだ」

「それでもなにも立証できない。医療センター監視情報は、ＯＮＩに届けられるのかもしれない」

「あんた、まったく頑固だなあ」

「わたしが？」

「さあ、あのバンをもっとよく見ようじゃないか。ディッシュアンテナがあるかどうか」

「それでもなにも立証できない」

リヴェットは歩きはじめた。「できるさ。あんただったら、自分のスパイ車のまわりを嗅ぎまわられたくないだろう?」

リヴェットのいうことに、グレースは納得した。「わかった、ジャズ。一分だけ待って」

リヴェットはふりむいた。「どうして?」

「いいから、わたしが戻るまでここで待って。一分もかからないから」

リヴェットが歩くのをやめ、グレースは自分たちのバンに向かった。リヴェットの計画は、相手が有罪でも無罪でも——黄色のバンに乗っている人間がこの基地の関係者でもそうでなくても——警衛兵曹が呼ばれるという結果を招く可能性が高い。それを避ける手立てが必要だと、グレースは判断した。

*

グレースが近づくと——黄色いバンからだれかが見ているかもしれないので、ゆっくり歩いていた――ブリーンはサイドウィンドウをあけた。

「となりのブロックにストラウドのバンがとまってる」グレースはいった。「あとで説明する」

「なにをやるつもりだ」

「ノックして、だれがなかにいるかたしかめる。ストラウドのビジネスカードを持っているでしょう」

「ああ」

ブリーンがカードを取り出したとき、グレースがふりかえって――悪態をついた。

「どうした?」

「ジャズが行こうとしてる」グレースがカードをひったくり、急いで離れていった。

「くそ」ブリーンはつぶやいた。基地を出て、グレースとリヴェットがとめられて拘束されたときに、ふたたび集合するしかない。

そのとき、事情聴取が終わったことをウィリアムズがメールで知らせてきた。グレースに聞こえるように、ブリーンはエンジンをすこしふかしてから、そこを離れた。

グレースが手をふってわかったことを伝え、オフィス群の芝生を足早に横切りながら、厚い革ジャケットの下で動かしやすいように、ふたたび肩をまわした。

ブリーンのバンがいなくなることで、かすかな心理的変化が起きた。自分とリヴェットにもう応援がいないことをグレースははっきりと実感した。

ストラウドのバンに近づいていたリヴェットに、グレースは追いついた。

「兵長、なにをやっているの？」

「おれたちは見張られてる」

「どうしてわかるの？」

「運転席側のミラーだよ。あんたが離れていったときに、あとを追ってた。鏡の向きが変わってるのがわかるだろ」

グレースはミラーを見た。鏡の面が四五度曲がっている。

「正面ゲートに画像を送ってるのかもしれない、ジャズ」

「そうじゃないかもしれない。ＬＡの警官はおなじやりかたでおれのいとこを見張った。機動隊のトラックが、ビーチを見て眺めを楽しんでるみたいな方向を向いてる。車内でジョンとジュディ・ローご夫妻が、ちがう方向を見てる。こいつはたぶん、ウインドウの奥に魚眼レンズ付きのカメラを用意してて、ブロック全体を見張ってる。顔認識や通信の装備が完備してるはずだ」

「ちょっと待って」

リヴェットは、バンの正面から助手席側にまわろうとしていた。立ちどまり、ディッシュアンテナを見て、うなずいた。

「あれで受信してる。よく考えてみろ。こいつがONIのために働いてるとしたら、暗号化機能付きの携帯電話で連絡するはずだろう。それで遠隔の目と耳になる。そいつに大規模なデジタル設備を用意してやる必要はない。このバンは高性能の送受信機を必要としてる——容疑者を追跡するのにデータリンクされたバンを何台も使う警察みたいに」

「べつのストラウドのバンとリンクしているのかも」

「あるいは営業所と。あるいは複数の拠点と」

「あなたのいうことが正しいのなら、やつらはハミル夫人を監視してるんじゃない——」

「彼女は囮《おとり》だ。そいつらは、ONI以上に、状況を詳しく把握しないといけないんだ。だから彼女を生かしておいたのかもしれない。ブラック・オーダーはあのメッセージを電話で伝えることもできた」

「反対側にまわりましょう」グレースは、小さなディッシュアンテナのほうを顎で示した。「あっちは警衛から見えない」

リヴェットが、にやりと笑った。「了解した」

バンがなにをやっているにせよ、警衛兵曹たちは共犯ではないだろうと、グレースは考えていた。共犯なら、ここでなにをやっているのかと、ひとりがききにくるはずだ。ゲートに通報するのが当然だろう——。

しかし、無線機を使うという手もあると、グレースは思った。つまり、バンにいる人間もそれを知っている。

「話すのはわたしに任せて」

「どうして？　おれだって質問のしかたはわかってる」

「あなたは右の拳《こぶし》を固めてる。緊張してるときの、あなたの鉄則はなに？　なにをやろうとしてるか、態度でばらすこと？」

「拳で戦う女にいわれたくないね。あんた、にわかに外交官のリーさんになった」

「いまはそうよ。わたしに任せて」

グレースが正しいと、リヴェットにはわかっていた。コルトがないのが頼りなかったので、しぶしぶ従った。

バンの後部へ行くと、リヴェットはディッシュアンテナの下で立ちどまった。グレースは前に進んだ。リアドアには、濃いスモークをガラスに貼ったウィンドウが二カ所にあった。グレースはガラスを軽く叩いた。

「だれかいる？」

ふたりは動きを聞きつけた。リヴェットの顔が、拳とおなじくらい緊張した。グレースはすこしさがった。だれかが出てきて攻撃されたときに、移動する余地があったほうがいい。

「だれだ？」低い声が、車内から聞こえた。

響いていないと、グレースは思った。ハードウェアが大量に載っている。

「海軍人員向けのセキュリティについて、おたくの営業所できいたんです。ストラウドさんが、あなたがたのここでの仕事を見ればいいといいました」

「あんたはだれだ？」

「基地の空軍派遣部隊のものです。衣服と繊維部門の」

「われわれの設備を取り付けるのに必要な保全適格性認定資格《セキュリティクリアランス》はあるのか？」

「あります」

「それなら、見せてくれ。あんたのＩＤをガラスに押し当ててくれ」

「財布を宿舎に置いてきました。必要だとは思わなかったので」

「身分証明書を見せないと、この話は終わりだ」

「ストラウドさんのビジネスカードがあります」

応答はなかった。

「わかりました」グレースはいった。「取りにいってきます」

グレースは、ビジネスカードと右手袋を、ジャケットのポケットに入れて、運転席側にまわった。ついてくるように合図されたとき、リヴェットはわけがわからないという顔をした。

「わたしの右側にいて」グレースがいった。

リヴェットがいうとおりにして、身を寄せた。「なにをやってるんだ?」

「ミラーを妨害してほしいの」

「動かないようにするのか? それとも見えないようにするのか?」

「見えないようにして」

まだとまどっていたが、リヴェットはグレースの指示にしたがった。鏡が動きはじめると、グレースはジャケットのポケットから携帯電話を出して、バンのそばを通りながら基地入場証の写真を撮り、そのまま歩きつづけた。

リヴェットが小走りに追いついた。「よし。うまくいった。なにがわかった?」

「このバンが戦争の一部だというあなたの考えが正しければ、これまでで最大の手がかりが得られたかもしれない」マン大佐の本部に向けて歩きながら、グレースは携帯電話を差しあげて、バンに乗っていた男の基地入場証の写真を見せた。

「こいつが関係してるとしても、名前は偽だろう」リヴェットがいった。

「でも、写真は偽じゃない」グレースはいった。「偽名だったら、決定的証拠になる」


（上巻終わり）

◉訳者紹介　**伏見威蕃（ふしみ　いわん）**
翻訳家。早稲田大学商学部卒。訳書に、クランシー『殺戮の軍神』、カッスラー『超音速ミサイルの密謀を討て！』(以上、扶桑社ミステリー)、グリーニー『暗殺者の屈辱』（早川書房)、チャーチル『第二次世界大戦』（みすず書房）他。

ブラック・オーダー破壊指令（上）

発行日　2024年11月10日　初版第1刷発行

著　者　トム・クランシー&スティーヴ・ピチェニック
訳　者　伏見威蕃

発行者　秋尾弘史
発行所　株式会社 扶桑社
〒105-8070
東京都港区海岸1-2-20　汐留ビルディング
電話　03-5843-8842（編集）
03-5843-8143（メールセンター）
www.fusosha.co.jp

印刷・製本　中央精版印刷株式会社

定価はカバーに表示してあります。

ISBN 978-4-594-09538-3　C0197